Irene Pietsch

Der Kleine Mecklenburger

Mandamos Verlag

© 2016 Irene Pietsch

Umschlag und Illustration: Irene Pietsch
Vorderseite: „Mecklenburger Großeltern"
Rückseite: „Hirsch und Rabe"
Buchinhalt: Bildtitel siehe Seite 217

Verlag: Mandamos Verlag UG (haftungsbeschränkt)
Alte Rabenstr. 6, 20148 Hamburg

Herstellung und Auslieferung: tredition GmbH, Grindelallee 188, 20144 Hamburg

ISBN
Paperback 978-3-946267-15-7
Hardcover 978-3-946267-16-4
e-Book 978-3-946267-17-1

Printed in Germany

Das Werk, einschließlich seiner Teile, ist urheberrechtlich geschützt. Jede Verwertung ist ohne Zustimmung des Verlages und der Autorin unzulässig. Dies gilt insbesondere auch für die elektronische oder sonstige Vervielfältigung, Übersetzung, Verbreitung und öffentliche Zugänglichmachung.

Inhaltsverzeichnis

Der Hintergrund   7

Der Kleine Mecklenburger   11
lukullisch-gesund

Der Kleine Mecklenburger   93
musikalisch-bukolisch

Der Hintergrund

Mecklenburgs reiche Geschichte, die Träume der Menschen, ihr ausgeprägter Mutterwitz und die geradlinig praktische Denkweise wie auch Ambivalenz als Überlebensstrategie sind in die Namensgebung von Orten eingeflossen, deren direkte und abgewandelte Wortbedeutungen Leitfaden für den Buchteil „Der kleine Mecklenburger lukullisch-gesund" sind.

Schloss Ludwigslust mag auf der einen Seite als Beispiel für berühmte Sehenswürdigkeiten aus Zeiten des Mecklenburger Feudalismus dienen, andrerseits stadtnahe Siedlungen wie Lüttenklein und Großklein, wo Tausende von Bürgern ihr Zuhause haben, Wald und Wiese direkt vor der Haustür und den nahen Ostseestrand gleich über die Straße.

Groß Kussewitz und Klein Kussewitz spielen genauso mit wie Goldberg, inmitten eines Landschaftsparks gelegen und Parkentin im Dickicht eines lichten Waldes mit einer weitläufigen Anlage historischer Fischteiche.

Alle genannten Orte stehen für unzählig viele andere ungenannte. Meine erzählerischen Anmerkungen dazu, wie auch Gereimtes und Notizen versuchen auf mehr Mecklenburg neugierig zu machen. Der Buchteil „Der kleine Mecklenburger musikalisch-bukolisch" bietet einen weiteren Anreiz dafür.

Allein schon „Der Zauberladen" verspricht viel – und hält es. Er entstand in Anlehnung an „La Boutique fantastique" von Ottorino Respighi nach einem Ballett von Gioachino Rossini.

Die Geschichte von Aquamarina Wunderschön als „Regenmacherin" zu Claude Debussys „Childrens Corner" könnte in Mecklenburg spielen, wo beinahe nichts unmöglich scheint.

Die Erzählung zu den Titeln der einzelnen Sätze von Georges Bizets „Jeux d'enfants" wiederum ist dem Kind im Manne bei vollem Scheinwerferlicht und gleichzeitiger Sehnsucht nach Kerzenschein-Poesie gewidmet.

Wer es deftiger mag - der Schwank „Die Pies-Wurst" bietet als bodenständige Alternative zur Hochkultur Mecklenburgs Gelegenheit, sich an ureigener Mecklenburger Sprachgewandtheit mit internationalen Adaptionen zu erproben, die für Besucher Mecklenburgs eine reelle Chance darstellt, den eigenen Wortschatz um ein paar verbal-vokale Leckerbissen zu erweitern.

Irene Pietsch

Der kleine Mecklenburger
lukullisch-gesund

Schnurgerade Gedankenabstinenz ist ein Buch zu vier Händen.

Der Mecklenburger hat keinen Kleiderschrank, er hat einen Trockenboden, einen Fundus und ein Kabinett, dazu einen drei- bis vierteiligen Spiegel, einen Handspiegel, eine Puderdose mit Spiegel, eine Ablage für Körperpflege mit und ohne Kosmetikzusatz im Badezimmer, eine im Schlafzimmer, in der Küche je eine auf der Fensterbank und im Kühlschrank, eine im Flur und eine vor der Wohnungstür.

Dementsprechend nimmt sich seine Kleidung auf den ersten Blick gelegentlich wie eine südostasiatische Stoffkomposition in Norwegermuster aus oder wie assamesisch-burmesisch gefärbter Businesslook über Fischland-Filetarbeit gefertigten Dessous.

Noch weiter darunter kann es blank bis bunt sein, an den Füßen leichtes oder schweres Schuhwerk mit Absätzen wie für Flamenco oder zum Erschrecken hoch.

Eine weitere beliebte Alternative, sich Bodenhaftung mit Bewegungsfreiheit zu verschaffen, sind Turnschuhe und feste Schuhe aus weichem Leder oder Segeltuch mit Hingucker-Dekolletés ganz hinten wie auch vorne.

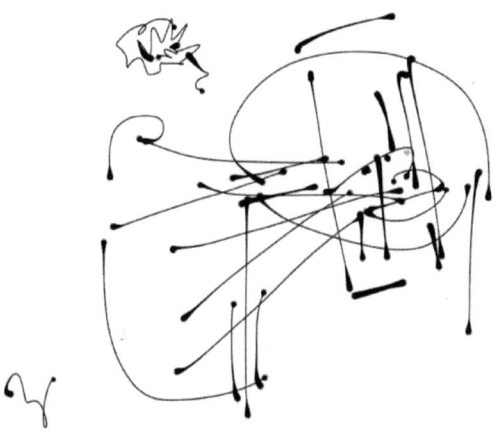

Die Entsagung jeglicher Fußbekleidung ist jedoch eine Steigerung, die nicht überall gern gesehen wird, was respektiert werden sollte.

Zusammenfassend bedeutet das: man braucht so gut wie nichts. Den Rest kauft sich der Mecklenburger zusammen, sobald es sein strammes Arbeitsprogramm erlaubt.

Dazu würde unter Umständen eine verspiegelte Geldbörse mit Goldprägung gehören, die unlängst in verbesserter, limitierter Auflage in die Geschäfte gekommen ist.

Kinderspielplätze sind Abenteurerplätze zur Ertüchtigung der Widerstandskraft, die der Nachwuchs braucht, wenn ein langes Mecklenburger Leben vor ihm liegt.

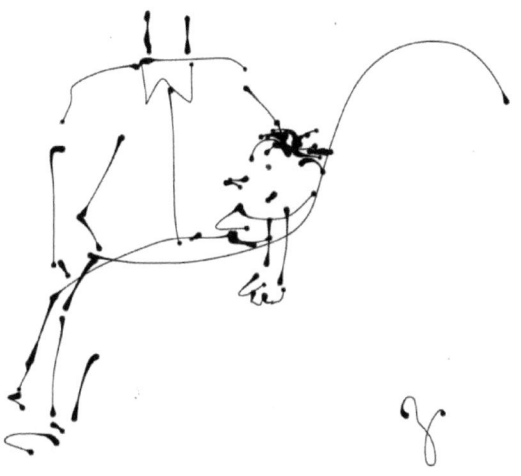

Egal, ob Junge oder Mädchen, beide werden gefordert. Ihr Parcours ist wie bei einer anspruchsvollen Landpartie mit naturbelassenen hohen Hürden gespickt.

Ein paar Meter darüber fängt das Dschungelcamp an. Bevorzugte Kletterhilfen sind dort Lianen und andere Seile, mal mit Leitereffekt, mal ohne.

Entweder man kommt alleine wieder runter oder die Feuerwehr hilft, wenn sie mit der Weihnachtsdekoration in der Hauptstraße fertig ist, was wegen der Sperrung für den Verkehr Vorrang hat. Jedes Kind weiß das, weswegen es die Schwierigkeitsgrade seines Geräteturnens bis zur Erschöpfung vorantreibt.

Die straff organisierten Freiwilligen der Feuerbrigaden kennen sich mit dergleichen Kalkül bestens aus. Sie sind flächendeckend als ehrenamtliche Kindermädchen im Einsatz. Über ihnen fungiert nur noch die eigene

Dienstaufsicht im Verbund mit höheren Mächten.

Das sind mit großer Wahrscheinlichkeit Engel, die in einem Engel-Heimstättenwerk ein Fortbildungszentrum unterhalten, um zu gewährleisten, dass es bei streng liberaler Pädagogik und ohne Wackelkontakt beinahe jeder irgendwann zum Chormitglied in der Allround-Engel-Klassik-Pop-Kultur bringen kann, um die Mecklenburg von vielen Ländern glühend beneidet wird.

Die norddeutschen Häuslebauer sitzen in Mecklenburg. Nichts ist vor ihrem emsigen Fleiß sicher. Bäume werden zu Generationenhäusern, Hausboote zu Werkstätten, Unterwassergaragen zu Aquadromen, Strandgut zu kunstvoll geflochtenen Riesenrädern, Gartenlauben zu Winterpalais. Das ist die eine Seite der Mecklenburger Bauherrnschaft.

Die andere: Sie ist südländisch flexibel wie Wüsten erprobte Nomadenstämme, weswegen Wohnwagen mit Zelten zur Grundausstattung eines halbwegs geordneten Haushalts gehören.

Andere architektonische Besonderheiten zur baulichen Landschaftspflege sind bei den Statistischen Landesämtern und in ihnen verwandten Institutionen vor Ort zu erfragen. Telefonische Voranmeldung ist empfehlenswert. Der Amtsleiter könnte Landwirt sein und gerade ein Feld bestellen.

Die Währung in Mecklenburg ist – wie könnte es anders sein – der Mecklenburger. Da kann auch kein Euro was dran ändern, macht aber die Einordnung schwierig.

Gelegentlich ist er Flora und Fauna zugetan, was zur Folge hat, dass bis zur Ernte ganze Haushalte auf Wanderschaft gehen und veritable Gelände sich verlaufen, bis auch die letzte lockere Schraube gegen einen festen Halt getauscht worden ist.

Es stimmt nicht, dass Mecklenburger ausländerfeindlich sind. Seit Jahrhunderten sind sie Gastgeber für Völker von allen Enden der Erde, wie bestimmte Namen interessant gelegener Haltestellen des infrastrukturellen Überland-Verkehrssystems bezeugen und im Gesamtkontext ein lesenswertes Buch der Machart einer Enzyklopädie „Mecklenburg von der Eiszeit bis zur Gegenwart" ergeben.

„Elfriede, wir machen eine Weltreise, ich habe einen gebrauchten Rekord gekauft!"

Mit anderen Worten:

Das Gerundium ist der Verlauf des Gerundivums, was in Mecklenburg so viel ist wie das Verhältnis zwischen Seenplatte und Meer.

In Mecklenburg gehen die Uhren anders, was vielerlei Gründe hat, den Mecklenburger selber ins Grübeln zu stürzen. Alarmstufe Rot: „Wer rastet, der rostet."

Das Klima ist rostfreundlich und fettarm, weswegen andererseits nicht zu viel gegrübelt werden soll, doch genügend, um sich im Treibsand der Geschichte wiederfinden zu können.

Dazu wird in aller Bescheidenheit eine feingetunte Sanduhr mit Mehrröhrenmechanik als Stoppuhr für Vielredner bemüht, die ohne Umschweife anzeigt, dass Übertreibung und Rost zwei Erzübel sind.

Alles geht nach Bodymaß, einerseits umfangreich wie Riesenfarn, andererseits Kleinod wie ein Gesteck mit wilden Orchideen und rot-weißem Honigklee auf Moosy.

Einerseits die schnellsten Sprinter, andererseits die schönsten Schnecken. Ihr Fernziel Minnesota. Der Liebe zum Namen wegen. Es kommt ein Gefühl von Heimweh auf. Zum Schluss bleibt alles beim Alten in der neuen Welt von Mecklenburg, wo nie die Kerzen verlöschen.

Dem Mecklenburger Wegweiser ist keine Landkarte gewachsen, was nicht am zu wenig liegt, auch nicht am zu viel, sondern an Mecklenburgs Vielfalt, die einher geht mit Mecklenburger Genauigkeit. „Schräg gegenüber" bedeutet nichts. Es hat die Beliebigkeit eines unvollendeten Kreises.

Sollte der im Normalfall gänzlich unvorhersehbare Baum im Wege stehen, dessen Höhe und Stammumfang zwar darauf schließen lassen könnte, dass er nicht erst seit gestern den Platz inne hat, kommen Sie dem Mecklenburger bloß nicht mit Logik, sondern merken sich bitte still und unauffällig die Nummer auf der Registrationsplakette des Baums und fragen im Amt nach, wenn Sie die Ausfahrt dorthin gefunden haben, ob die Erkennungsnummer des Baums der Wendepunkt in die richtige Richtung war.

Es ächzten einst die Balken, man soll sie nicht so walken.

Sie würden sich von selber biegen, wenn Geld und Worte nicht mehr wiegen.

Nachhilfe rund um den öffentlichen Beichtstuhl: alles ist gut. Nur nicht dran rütteln!

Vom Trawler mit Herz angelandet: Mecklenburger Ostseebutt. Sogar Hering, solange er grün ist. Danach gibt es ihn als Überlaufventil in Fässern. Der Mecklenburger baut Quoten vor.

Wenn das immer so gut klappen würde wie beim Hering, wäre der Mecklenburger ein gemachter Mann. Weil dem aber nicht so ist, trägt er das fehlende Quentchen Glück mit weisem Humor und setzt unverdrossen mit leeren Händen aufs Ganze, bis jemand die Segel streicht und er wieder vorzeigbar flüssig wird.

Eier, habt ihr euch versteckt?
Wart' ich werd' euch suchen
überkreuz und über Eck –
und dann doch im Kuchen.

Was gibt es sonst noch rund ums Kind? Aufklärung kommt von selbst. Wie gewachsen. Mal groß, mal klein. Die Bienchen, wenn man noch nicht laufen kann.

Danach wird ein weiter Sprung in die Pubertät getan. Anschauungsunterricht in der Familien-Packung gibt es in jedem Großmarkt. Für die Eltern Propolis als unisex Königsdisziplin im Ganzheitssystem des Selbsterhaltungsprogramms, für Lehrlinge und Gesellen Voltigieren und Springreiten der Klasse L.

Mecklenburg ist Pferdezuchtland. Es wäre jedoch ein Fehlschluss zu meinen, eine Verbindung zum professionell betriebenen Champignonanbau aufgespürt zu haben. Trainiert wird überall und auch woanders.

In Mecklenburg sitzen die Pferde an der Bar und wiehern.

Fohlen und Jährlinge sind in Begleitung von Erziehungsberechtigten zugelassen, wie das Gesetz es befiehlt.

Sie müssen nicht alles probieren, aber dem Sanddorn sollten Sie schon etwas Zeit geben, sich an Sie zu gewöhnen.

Zur Einführung für Anfänger: Sanddorn und Schlehe sind buschartige Bäume oder baumartige Büsche. Es kommt auf den Standort an.

Zur Erntezeit gemolken, wird der Sanddorn oft in Flöten mit Sahnehaube serviert, zu besonderen Anlässen in Schüsseln zusammen mit Löffelbiskuits als Trifle. Der hohe Vitamin C-Gehalt bleibt auf diese Weise erhalten und wird noch durch Globuline angereichert.

Die Schlehe hingegen ist nicht so sehr ein Feinschmecker-, als besonders ein Pharma-Liebling. Sie wird meistens zu Muttersaft verarbeitet und ist in Zeiten von frostbedingter Zitronenknappheit im mediterranen Raum ein mehr als adäquater Ersatz.

Weitere Erkennungsmerkmale:

Sanddorn tritt in silbrig flirrendem Blattgestöber mit leuchtend orange farbenen Fruchtständen auf, Schlehe in dunkelgrünem Hartlaub und schwarzblau bebeert am Rande von Urwäldern, die gleich hinter der Autobahn gefühlt am Meer einerseits und in der Emu- und Moschusochsen bestandenen Pampa andererseits liegen.

Selbst bei einer geführten Safari sollten sie sich nicht zu weit von der Gruppe entfernen und in Versuchung kommen, den Sanddorn selber zu melken, weswegen Mecklenburg dazu übergegangen ist, Mensch, Sanddorn und Tier durch Schnellstraßen zu trennen, bis die Eigentumsverhältnisse geklärt sind.

Im Zweifelsfall gehören die Sanddorn- und Schlehenwälle dem Staat, die er als Melkplantagen verpachtet, während Tiere Besitzstand von Zirkussen sein könnten, die vergessen haben, sich abzumelden oder gar als

Luftfracht auf der Interkontinentalbrücke verloren gingen.

Seit einiger Zeit richtet man für sie still gelegte Autobahnbrücken her, die in Laubwälder aus Niedrigholz umfunktioniert werden.

Die Frage des Vegetarismus ist für den Mecklenburger eine mathematische Gleichung mit natürlicher Lösung: Nimmt man mir Fleisch, brauche ich das Dreifache an Gemüse.

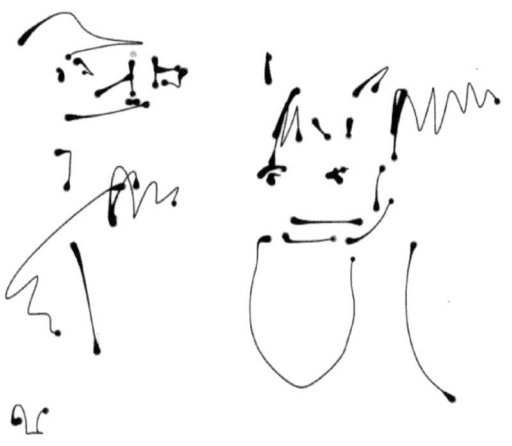

In Brüssel wird daran gearbeitet. In Mecklenburg haben sich die Mägen schon umgestellt. Volle Kraft voraus! Der Gemüseanbau kommt kaum nach. Mecklenburg wird Deutschlands hellgrüne Goldküste.

Mecklenburgs unerkannte Goldreserven sind die Rapsfelder. Angelegt werden sie meistens in Streifen, die wegen ihrer positiven Ausstrahlung während der Blüte als Motiv für Künstler aller Fachrichtungen schwer verzichtbar sind und nach der Ernte in bearbeiteter Form Energiesäufern als Treibstoff in die Gänge helfen, dessen Samen Labsal für Gezwickte und Geplagte sein kann und zudem einen unaufdringlichen Duft mit Kopfnote verströmt.

Die Formel 1 ist eine Komposition aus Rapssamen auf Fango, nur noch vergleichbar mit Kaviar auf Crème fraîche.

Die Formel 2 ist der Pop für den Alltag: Törtchen aus Pumpernickeltalern, gekrönt von Seehaseneiern auf Kräuterquark mit Schnittlauch.

Des Rätsels Lösung
ist meistens erst des Rätsels Anfang.

Der Mecklenburger und sein Fisch werden oft in einem Atemzug genannt, was keinem peinlich sein muss, da es für den Mecklenburger selber ganz natürlich ist, mit ihm in einem Atemzug genannt zu werden.

Falsch ist es hingegen zu meinen, dass Fischstäbchen als Fast Food mecklenburgisch sind. Es kann jedoch nicht verhehlt werden, dass Stinte in Panade gewälzt, ähnlich aussehen.

Sie werden als Delikatess-Fingerfood bei Stehempfängen mit maritimem Flair gepriesen, als Exportschlager sind sie durch sämtliche Wasserstraßen bis zum Pazifik unterwegs und frisch geräuchert gehören sie zu den Fischarten, die wegen ihrer leicht verdaulichen Gräten auch zu vorgerückter Stunde noch ungefährdet verzehrt werden können.

Darüber hinaus gibt es an Meeresfrüchten alles, was das Herz begehrt. Besonders beliebt: der Koi.

Zur Zeit rüsten einige wenige Mecklenburger ihre Expertisen tauglichen Gartenteiche entsprechend aufwändig um und legen dazu Bonsai Pflanzungen an, um sich hernach auf südfranzösisch anmutendem Gartenmobiliar an einem üppigem Stintessen auf heimischen Steinguttellern erfreuen zu können und mit heimischem Klaren aus ebenso heimischen, mundgeblasenen Stampern nachspülen.

Ein Standesamt ist ein Standesamt, ist ein Standesamt. Die Kumulation: das Standesamt ist gleichzeitig Ortsamt mit maritimem Charakter.

Der Beamte macht einen aufgeräumten Eindruck, weswegen es eigentlich nicht angebracht ist, ihn ins Kursive zu setzen. Aus Praktikabilitätsgründen ist es jedoch unumgänglich.

Bitte.

Danke.

Wie kann ich Ihnen helfen?

Ich möchte mich ummelden.

Zuzug?

Ja.

Bleiben Sie?

Vorläufig.

Was heißt das – ein Jahr, mehrere Jahre, für immer? Darf ich mal das ausgefüllte Formular sehen – Sie haben es doch mit??

Oh ja. Sekunde. Hier – alle Angaben, die Sie wünschen.

Das wissen Sie doch noch gar nicht.

Ich könnte es mir denken, aber vielleicht liege ich falsch.

Seit wann wohnen Sie denn schon hier?

Seit ein paar Monaten. Das Datum habe ich angegeben.

Na ja, der Anmeldetermin ist etwas überzogen, aber da können wir schon mal ein Auge zudrücken.

Danke.

Name, Vorname, Geburtsdatum – alles noch wie vorher?

Ich denke, ja.

Kann ich mal Ihren Personalausweis?

Eine Sekunde. Da – bitte.

Stimmt. Und Sie wollen also hierher verziehen?

So ist es.

Welcher Konfession gehören Sie an?

Ich bin getauft, aber konfessionslos.

Das ist nicht vorgesehen. Sie müssen sich entscheiden, zu welcher Glaubensgruppe Sie gehören.

Ich bin evangelisch getauft, aber konfessionslos.

Das kann ich so nicht eintragen.

Muss ich erst eine Vereinigung von evangelisch Getauften, aber Organisationsentfremdeten gründen?

Sie sind also evangelisch?

Ich bin unverändert evangelisch. Ich bin ja getauft. Ich bin aber seit Jahrzehnten keiner Kirche mehr zugehörig.

Der Standesbeamte ist stark erkältet. Er hustet und schnieft. Um mit Rücksicht auf die Besucher in der Behörde den Bakterienflug umzulenken, hat er das Fenster geöffnet, von wo der Straßenlärm des Zuliefererverkehrs für die benachbarten Großbaustellen heraufdringt.

Gut, dann muss ich mal sehen, wie ich das in Computersprache setze. Man wird ja mit der Zeit erfinderisch.

Danke. Sie haben es wirklich schön hier oben in Ihrem Büro. Wie für Kuratoren des Verbands von Heimatmuseen.

Wir müssen hier raus. Die polizeilichen Hilfskontrolleure für die Anwohnerparker wollen ihre Umkleideräume zurück.

Wir sind auch Anwohnerparker.

Das muss ich gleich mal vormerken. Sie können sich unten an der Kasse eine Gebührenmarke für den Ausweis holen, bis dahin habe ich das Formular für Sie vorbereitet.

Das ist wirklich nett. Ich bin gleich wieder da.

Der Zuzug besorgt sich die Gebührenmarke und eilt zurück.

Zeigen Sie mal – gut dann können wir weiter machen. Die neue Adresse – wie angegeben?

Ich komme gerade daher.

Fühlen Sie sich bedroht?

Das ist eine gute Frage. Ich bin ja fremd, aber nein...

Vor dem geistigen Auge erscheint das Bild von Hünen, die jeden, der 1,80 Meter unterschreitet, klein aussehen lassen und von denen die Mär geht, notfalls würden sie selber ihre Pferde ins Ziel tragen. Riesen und Riesinnen, die eine Sprache sprechen, deren Inhalt genauso unverständlich ist, wie der Teil des Formulars, der aus gutem Grund nicht ausgefüllt worden ist.

Der Beamte ist weder Hüne noch Riese und hat Formulare, die für Fremde dreimal drei Siegel haben.

Nein, wirklich. Ich fühle mich überhaupt nicht bedroht. Ich brauche auch keinen Polizeischutz. Ich beantrage kein Asyl. Ich bin nicht geflüchtet und will auch nicht hierher auswandern.

Bedeutet das, Sie wollen nur vorübergehend bleiben – dann ist das Formular falsch. Ich kann Ihnen aber ein Formular geben, auf dem Sie sich für hier mit Nebenwohnsitz anmelden können. Ihre derzeit noch bestehende Ortsamtmeldung in Hamburg wird dadurch nicht aufgehoben. Wir können das sicherstellen.

Vielen Dank. Sehr aufmerksam. Ich will aber dabei bleiben, dass ich mit festem Wohnsitz hier gemeldet werden möchte.

Ich nehme das dann mal so auf.

Ich bitte darum.

Sie brauchen dann nur noch zu unterschreiben – wir nehmen Mastercard.

Moment.

Danke.

Ich bereite morgen alles in meinem Hauptbüro vor. Übermorgen bin ich dann wieder hier.

Dann komme ich übermorgen hierher.

Sie kommen bitte überübermorgen in mein Hauptbüro. Meine Stempel sind dort.

Das lässt sich machen. Vielen Dank für Ihre Mühe!

Die Männer tönten laut im Chor
den Frauen ihre Wünsche vor
und suchten dann per Zeitung
des hohen C's Leitung.

Bibliophilie ist eine Macke, aber nicht strafbar, was wir wahrscheinlich eher dem Mecklenburger als seinem östlichen Nachbarn zu verdanken haben, dem das Etikett anhaftet, sich gerne bibliophil zu ereifern.

Der Mecklenburger hat seinen eigenen Weg gefunden, sich der Konkurrenz zu stellen und bessert von Zeit zu Zeit nach, wenn es darum geht, denen ein Stöckchen vorzusetzen, für die Weihnachten und Ostern auf einen Tag fällt.

Erstens wird Weihnachten gefeiert, und zwar ausgiebig, dann verordnet er sich eine kurze mehrwöchige Pause, die verschiedenen Heiligen gewidmet ist und oft genug eine unfreiwillige Diät nach sich zieht, um hernach Ostern nach allen Regeln der Kunst begehen zu können.

Die Besonderheit im Umgang mit christlichen Feiertagen kommt jedoch erst danach, wenn der Mecklenburger ans christlich Eingemachte geht: Pfingsten wird groß rausgeputzt. Viehauftrieb auf sattgrüne Almen gibt es je nach Witterung immer schon mal vorher, neue Kleider sowieso – wenn es der Markt erlaubt. Das wird auch woanders so gehandhabt. Vielmehr wird in Mecklenburg die Bedeutung des Festes durch strategische Langzeitplanung anschaulich gemacht.

Die den Botanikern als Päonie bekannte Blume wird ganzjährig erst als Pfingstrose, dann als Bauernrose und schließlich – von aller leidenschaftlichen Opulenz bereinigt – als vorweihnachtliche Botin unter der Bezeichnung „Christrose" gehandelt. Danach – so sie noch nicht zur winterfesten Zuchtsorte gehört – in frostfreie Sammelstationen für Mehrjährige gebracht, wo sie zusammen mit Orchideen sach- und fachgerecht aufgepäppelt wird.

Das ist noch nicht genug der Bibeltreue. Von Herkunft zwar vorwiegend protestantisch, ergo seit der mecklenburgischen Intensivkur durch lutherische Reformatoren nicht gesegnet mit PR-trächtigen, kirchlichen Beigaben, kommt der Mecklenburger dennoch immer mal wieder auf die Idee, seine Konfession auch kalendarisch professionell zu nutzen, weswegen er heute einen Feiertag mehr hat als die meisten anderen Protestanten, den er dazu nutzt, der Wirtschaft auf die Beine zu helfen, was er denn auch mit pflichtbewusster Hingabe tut und es darüber hinaus ganz unauffällig beim alten Status des Sonderklasse Protestanten belässt.

So groß der Mecklenburger von Statur ist, setzt er doch zusätzlich niveauvolle Akzente bei Hingucker-Miniaturen wie Buddeltrawlern oder Krippenspielen im Rosskastanienkörbchen und Hand gestickter Viermastbark auf dunkelblauer Krawatte als Vereinsmerkmal.

Seine ehrgeizige Perfektion treibt darüber hinaus Blüten, auf die wahrscheinlich nur Entfesselungskünstler kommen können. Anders ist es nicht zu erklären, dass Konzertflügel ausgerechnet während eines Konzerts angekettet bleiben oder er von Zeit zu Zeit Schafe und Kühe zum Mähfressen an die Ränder der Landesstraßen führt.

Wie beim Konzertflügel, der sich zur Freude der Versicherer nicht vom Platz bewegt, hat sich besonders durch die Eigeninitiative, den Kommunen beim Stutzen von Straßenbegleitgrün beizustehen, die Gelegenheit ergeben, ein lukratives Geschäft auf

Gegenseitigkeit zu entwickeln, wobei Leihmähschafe höher im Kurs stehen als Leihmähkühe, die leichter mal vom Pfad abkommen, um sich melken zu lassen. Hühner und Hasen sind von dem Leihgeschäft ausgesperrt. Sie gelten im rauen landwirtschaftlichen Leihverkehr als verkehrsuntauglich.

Die wahre, tiefe Zuneigung hegt der Mecklenburger jedoch ungeachtet aller Vorlieben für fleischliche Genüsse, Vor- und Süßspeisen, Eintöpfe und Aufläufe zu seiner Nationalknolle, der Kartoffel.

Mögen andere eine Allzweck Kartoffel haben, der Mecklenburger hegt und pflegt die Kartoffel als Individuum mit mannigfaltigen Charakterseiten, für die der Oberbegriff „Tüfte" steht, unter deren Dach die klangvollsten Namen vergeben werden, die eine Jahrhunderte alte Familienchronik mit Ahnen aus aller Herren Länder vorweisen kann. Das verpflichtet.

Die „Tüfte" – Ein- wie Mehrzahl – ist Kulturdenkmal und Hoflieferant von Nährstöffchen, ein Juwel unter den Vitamin- und Mineraliencontainern. Sie darf deshalb nicht einfach wachsen wie sie will, sondern muss unter wissenschaftlichen Gesichtspunkten formschön gestaltet werden, so dass jedes noch so einfache Essen zu einem Gesundbrunnen des poetischen Erlebnisses der Vielfalt wird.

Neu im Tüftenprogramm ist das Kartoffelherz und die Kartoffelniere, Höhe- und Mittelpunkt jeder goldenen Hochzeit, bei der die Tüfte nach Kräften besungen wird.

Der Elch stellt seine Ohren auf,
was ihm beschert den besten Lauf.
Er wedelt mit dem schwer Geweih:
„Ich bin zwar Elch, doch stets dabei."

Nicht die Bayern haben's mit dem Knall. Es sind die Mecklenburger. „Nützlich sei der Mensch, mutig und willig mit Fleiß", sagen sie sich. „Hand auf die Pfründe!"

Statt Krachlederner ziehen sie sich Loden an und begeben sich im Fürsorgeauftrag des Amtes in die Wälder, um dort den Bäumen unter das Blattwerk zu schauen und es von Mitessern zu befreien. Das dauert seine Zeit, lohnt sich aber. Mit den Geweihtrophäen werden dann Palisaden gegen Wanderdünen errichtet.

Ähnlich sieht es auf weiter Flur aus. Das allerdings wirkt bedenklich, weswegen der Bund Schilder aufgestellt hat, so dass Durchziehende wissen, dass es sich um historische Heerstraßen handelt.

Die ersten, die daraufhin das Lesen lernten, waren die Hasen. Sie wählten aus ihren Reihen die fruchtbarsten Rammler, vermählten sie mit den schönsten Jungfrauen und schickten sie auf die Reise ins Erzgebirge, wo sie sich niederließen und in kürzester Zeit durch zahlreiche Häschen den demographischen Altersdurchschnitt der Fauna zu ihren Gunsten senkten.

Seither sind sie dort zu Hause und schnitzen in Heimarbeit ununterbrochen klassische Denkmäler, die von ihrem Vertrieb in Mecklenburg und anderorts auf die Frühlings- und Ostermärkte gebracht werden.

Die schönsten Bauerngärten haben die Pastoren, weil sie die meisten Schafe hüten, während der Schäfer Jägerlatein lernt. Das geht zur Osterzeit im Dialog mit einer Marktfrau so:

Sie dürfen nicht fotografieren.

Das ist ein öffentlicher Raum.

Aber unser Stand.

Sie haben die interessanteste Unterwäsche, die ich je gesehen habe.

Deshalb kann sie auch nicht einfach fotografiert werden.

Davon hat man doch noch kein Korsett an!

Sie könnten es aber nachmachen.

Das wäre mir neu. Ich kann mich aber erkundigen. Darf ich nur mal eben die Häkchen nachzählen? Dann lasse ich Sie in Ruhe.

Nehmen Sie Ihre dreckigen Finger vom Verschluss!

Gut, dann nehme ich eben meine Finger vom Verschluss, weil es eindeutig Ihr Korsett ist.

Es ist kein Korsett, es ist ein Stringbody.

Für Ihr Orchester?

So kann man das nennen.

Dann ist es nicht nur im öffentlichen Raum, sondern darüber hinaus von öffentlichem Interesse. Sie können mich überhaupt nicht vertreiben!

Und ob!

Ich bitte Sie, mich nicht mit Damenunterwäsche bedrohen zu wollen!

Ich kann auch was anderes nehmen!

In dem Fall muss ich mich an die Marktaufsicht wenden.

Das können Sie machen. Dann hören Sie, dass Sie für Fotos eine Gebühr bezahlen müssen.

Wieviel?

Wir nehmen einen Einheitspreis. Zwei BHs kosten so viel wie drei Schlüpfer.

Alle Größen?

Was wollen Sie eigentlich?

Fotografieren. So etwas wie Sie anbieten, habe ich nur in Italien gesehen.

Verschwinden Sie oder Sie bezahlen auf der Stelle in Euro!

Ich komme wieder. Mit einer Genehmigung der Marktaufsicht.

Ersparen Sie sich die Mühe.

Ich muss sowieso ins Rathaus.

So'n notorischer Querulant, was?

Ich brauche eine Lebensbescheinigung.

Der Schäfer hat das „Ludus Latinus" begriffen. Er hält nichts von leeren Versprechen und ist zehn Minuten später im Rathaus, wo ihm eine konziliante Amtsperson beruhigende Aufmerksamkeit schenkt.

Alles im Sitzen mit Ausblick auf wartende Hochzeiter mit Anstandswauwau. Zwei Paare an der Zahl. Es wird eng. Drei würden die Kapazität des Flures übersteigen. Dennoch ist ein gewisses Kommunikationsdefizit nicht zu überhören, was sich bei offener Amtsstubentür auf das Gespräch am Schreibtisch günstig auswirkt.

Wie kann ich Ihnen helfen?

Ich wollte fotografieren, aber die Marktfrauen haben mich bedroht.

Handgreiflich?

Ich möchte mich auf eine Personenbeschreibung beschränken. Die Wortführerin hat eine auffällig große Oberweite.

Ungefähr wie groß?

Der Schäfer beschreibt mit beiden Händen zwei Brüste, deren sich sogar eine Fruchtbarkeitsgöttin nicht hätte schämen müssen.

Ich kann mir vorstellen, um wen es sich handelt. Was wollte sie?

Geld für ein Foto.

Dann muss ich da wohl mal gleich vorbei gehen. Machen Sie ruhig Ihre Fotos. Die hat einfach mal wieder auf wild gemacht.

In Mecklenburg braucht man weder eine Klimaanlage im Auto noch eine tragbare für den privaten Eigenbedarf.

Die wichtigsten Verkehrsverbindungen zwischen Bergen und Tälern sind so angelegt, dass sie Wälder in voller Breite durchqueren.

Hält man das Autofenster geöffnet und schließt es wieder rechtzeitig vor Verlassen der in Mecklenburg als „Kühlung" angelegten Straßen, hält sich die angenehme Temperatur selbst im Hochsommer über einen nicht unbeträchtlichen Zeitraum und übersteht einige Distanzen durch lichter werdenden Wald und Flächen von Bärlauch, der, in Maßen genossen, dem Knoblauch in nichts nachsteht und an Beliebtheit dem Waldmeister Konkurrenz macht, der so manchem heimlichen Raucher zu einem schwachen Alibi verhilft, während die Dame des Hauses vergeblich auf das Waldmeister Sträußchen für die Bowle am

Abend wartet, wenn auf der Terrasse eine hungrige und durstige Gästeschar zur mecklenburgischen Plauderstunde von romantischem Sonnenuntergang bis romantischem Sonnenaufgang erwartet wird.

Knöpfe sind die Basis des Mecklenburgischen Selbstbewusstseins, weswegen die Annahme nicht ganz unberechtigt ist, dass er sich selten oder nie davon trennt, was der Nordverbund beiderseits eines von Fall zu Fall neu zu bestimmenden Weisswurstäquators zu spüren bekommt.

Der Mecklenburger Knopf: ein rundes Problem. Kopf und Ende wechselseitig. Man trägt Dufflecoat. Wer den Vortritt lässt, ist dem Rücktritt am nächsten. Es sei denn, man ist nicht unbegründet Optimist, was erlernbar ist, wenn die Mecklenburger Moralschöpfung beherzigt wird, dass Auswege als Regelwerk gelten, wenn Mittel und Wege unbekannt sind.

Bis dahin gilt weiter: so viele Knöpfe wie möglich, am besten alle noch einmal als Reserve im Innenleben. Dazu als Sicherheitsbesteck Nadeln und eine kleine Auswahl an Nähgarn in Blau-, Rot- und Braunbeige- bis Schwarzweißtönen.

Einfädler kann man im Leasingverfahren ordern. Sie werden so lange mit elektronischen Argusaugen bewacht, bis auch der letzte Gegenknopf sitzt.

„Das ist ja ein ganz heißes Pflaster", blubberte das Fischlein und sprang wieder in die Ostsee. „Einmal gerettet, und gleich befördert."

„Haste da noch Töne? Der ist doch noch abgesprungen! Dafür hätte er wenigstens die Treppe nehmen können. Ein kleines Treppchen nur, ein einziges – beim heiligen, olympischen Eid!"

„Er ist überqualifiziert. Das Plansoll ist erheblich gesenkt worden. Wir arbeiten für Dauer-Olympia."

Wer in Mecklenburg kalte Füße bekommt, ist selber schuld. Es empfiehlt sich für Anfänger ein Besuch im Sommer, später nach dem hehren Prinzip des Wechselproporz'.

Es grillten einst die Barsche
den Aal am langen A...sche.
Dann zogen sie die Flossen aus
Und feierten bei Trunk und Schmaus.

Überall, wo Platz ist, wird sich eingerichtet. Investitatives Inventing ist das Nonplusultra. Ihr Mainstream geht über Dörfer und Ländereien, belebt Scheunen und Mühlen mit Kunst und Gewerbe, mit Basaren und Märkten, mit Konzerten, Vor- und Nachträgen, mit allem, was ständefreundlich ist.

Der Zulauf ist derart stark, dass daran gedacht wird, bestehende Scheunen und Mühlen abzureißen und dafür neue, leistungsfähigere zu bauen.

Allerdings spielt die Zeit dagegen, weswegen Kirchen und Klöster, Schlösser und Burgen sich einladend öffnen, wo man bequem in der ersten Reihe sitzen kann, bis rationalisiert wird und das Gestühl verschlankt werden muss.

Die Retrospektive macht agil. Man schließt sich kurz nach allen Seiten. Das Zauberwort dafür? Ich verstehe nicht...bi...Doch ja! Jetzt fällt es mir ein. „Bitte, könnten Sie wohl Ihren Hut abnehmen? Ich kann das Orchester nicht sehen."

Wer möchte sie schon verpassen, die Mecklenburger Zeitrechnung, nach der die Gunst der Stunde mit erhobenem Zeigefinger Kunst der Stunde bedeutet: Parkplätze sind keine Sitzplätze und Straßen keine Gehwege!

Wenn Puschkin nicht gestorben ist, dann lebt er auch noch heute. Als multitalentiertes Hähnchen mit goldenem Händchen. Nicht richtig hier, nicht richtig da, wahrscheinlich in Amerika immer geradeaus über die Ostsee, dem Finger folgend, nackt wie Gott ihn schuf. Das geht nicht?

Das geht – als Prämiumqualität Ost. Puschkins „Goldener Hahn". Nach der Wende über den Daumen gepeilt ein Achtel Hähnchen West. Standard West. Ungefähr.

Trotzdem bleibt es in Mecklenburg dabei, dass es Hühner nur mit Hähnen gibt. Einen Gockel noch obendrauf, wenn die Proportionen danach verlangen? Nur ungern.

Nicht alles ist möglich, nicht alles ist offen. Wo käme der Mecklenburger da hin! Als nächstes entpuppt sich ein Schwan als Ente, die danach zur Kleingans mutiert und keiner will es gewesen sein!

Die Bemme zankt den Butterkühler:
„Lass mich in Ruh mit Deinem Fühler!

Der Butterkühler spricht gelassen:
„Dann nehm ich eben Untertassen!"

Stinknormaler Mecklenburger Alltag. Das Frühjahr geht, der Sommer kommt. Hoffentlich. Täglich wandern besorgte Blicke über die Wolkengebirge.

Eine Warnung nach der anderen wird heraus gegeben. Ob die Herrschaften wissen, was sie sich damit antun? Getreide darf nicht am Halm faulen, Feste dürfen nicht ins Wasser fallen. Das sind die Prioritäten hierzulande.

Eine kleine Prozession naht. Junge Damen in langen Kleidern mit Urkunde in der einen Hand, reizendem Handtäschchen über dem anderen Arm, kleine Herren in strahlend weißen Hemden, farbiger Fliege und feierlichen Anzügen mit passenden Socken, deren Urkunden von dem Geleitzug der Eltern treuhänderisch verwaltet werden.

„Ich weiß schon, was ich gleich esse. Die haben klasse Saté-Spieße."

„Meine Eltern haben mir die Geschenke schon heute Morgen gegeben."

„Vor dem Zeugnis?"

„Na klar, ich bin sowieso besser."

„Waas?"

„Die anderen haben abgeschrieben."

„Ich meine Saté mit Erdnuss Dip."

„Da steh' ich erst recht nicht drauf."

Bevor es vielleicht doch zu einem Wolkenbruch kommt, nichts wie hin:

„Entschuldigen Sie, Ihre Kleider sind auffallend schön! Darf ich Sie fotografieren?"

„Ja gerne!"

Die Pose gelingt.

„Wissen Sie, wir haben nämlich das Reifezeugnis!"

„Glückwunsch! Und was machen Sie danach?"

„Erst mal wird ordentlich gefeiert."

Die Jungmänner mischen mit, als hätten sie die Junghähne-Plakette angeheftet bekommen:

„Mindestens eine Woche."

„Und dann fahren wir in Urlaub."

Die Junghennen gackern. „Nicht zusammen!"

„Bloß nicht!", kräht es zurück.

„Haben Sie berufliche Pläne?"

„Danach studieren wir."

„Darf ich wissen, was?"

„Menschen helfen."

Es gab übrigens Lachsröllchen mit Frischkäse, denen nicht angelastet werden kann, dass die Eltern sichtbar beschwipst das Lokal verließen und die Jugend sich später unter lautem Absingen unanständiger Lieder zusammen tat, um die Reifeprüfung für die Ferien von der Schulfron bis zum Urlaub weiter zu feiern.

Der Mecklenburger verzeiht einen Fehltritt nicht so leicht, passiert er jedoch im Nebel, legt er Maßstäbe an, die sich vom Rest der Republik grundsätzlich unterscheiden, wofür er mal wieder mecklenburgisches Recht bemüht. Es kann nicht oft genug erwähnt werden: Der Mecklenburger feiert gerne. Es liegt ihm wohl im Blut.

Nur vier Jahreszeiten? Wer bietet mehr? Zum ersten, zum zweiten ... der Mecklenburger hebt die Nummer: „6"!

Allein die sechste Jahreszeit ist eine Reise in die Erlebniswelt von einzigartigen Stimmungen wert, wenn die einfache Vergangenheit in die vollendete Zukunft einfließt, wenn das ganze Land im dicken, zähen Nebel mit dunklen Streifen im Landesinneren Schattenspiele simuliert oder dichte, weiche Schleier mit bunten Einschlüssen von Lichtbrechungen einiger Sonnenstrahlen vom Meer her den breiten Küstenstreifen überziehen und ein Freilichttheater bieten, das Künstlern, Musikern und Poeten unvergessliche Glücksmomente der Schaffenslust beschert.

Es gibt kaum einen besseren Freund als den ehemaligen Feind.

Der Vermutung, Mecklenburger hätten die physischen Voraussetzungen eines Meeressäugers, um sich für kurze Zeit bei frischen Außentemperaturen im kalten Ostseewasser tummeln zu können, muss energisch widersprochen werden.

Von Natur aus eher heißblütig, jedoch bis zur Selbstverachtung beherrscht, folgten sie der Abhärtungsmethode eines hoch würdigen Medicus und schufen nach gehöriger Testphase einen fashionablen Badeort von internationalem Renommé, wo sie bis zum heutigen Tage das Datum von dessen Inbetriebnahme mit spielerischem Sport und sportlichem Spiel in genau bestimmten Hoheitsgewässern ohne Rücksicht auf Wetter bedingte Widrigkeiten publikumswirksam begehen.

Wir haben einen neuen Starmix.
Seitdem ist bei uns nur noch Sommer.

oder:

Automatismen sind die Verlängerung von Manualen. Das eine ist nie Perfekt, das andere Plus-quam-per-fact.

Rom, als es schon zu historischem Ruhm gebracht hatte, nachdem Romulus und Remus den Pampers entwachsen waren und man sich im Ältestenrat darüber einigte, dass es für die kommenden Jahrhunderte Wichtigeres zu tun gibt, als den Tiber für Cargo Liner schiffbar zu machen, dieses Rom liegt an der Warne.

Notfalls könnte man einen Hafen dazu kaufen, floss so lange bedeutsam locker ins Gespräch mit Notablen ein, bis Taten nicht mehr umgangen werden konnten und angefangen wurde, sich um öffentlich zugängliche Atriumhäuser mit Hofhaltung zu kümmern. Sehr gemütlich, sehr chic und dennoch einladend.

Der Rundgang durch die Ausstellung: Kunst im Rundlauf. Stadt und Land in einem, mal in Öl, mal als Aquarell, auch Kohlezeichnung und Gegenwartskunst als Installation, viele Exponate in wechselnden Ausstellungen, einige kostbare als ständiger Gast.

Dazu draußen im mehr als mannshohen Moorgras kein Huhn, kein Fasan, sondern mit mächtig stolz geschwellter Brust eine Übergrößen-Skulptur wie aus einer Sage: die Taube als vieldeutige Wissensträgerin Mecklenburger Machart und weithin sichtbar. Von der Cafeteria des Musentempels aus sieht man sie von hinten und guckt mit ihr nach vorne auf alten Baumbestand und Streuobstwiese.

Einschiffige Gebäude sind beliebt, müssen nicht Kirchen sein, können es jedoch nach Maßgabe des von der biblischen Schöpfungsgeschichte abgeleiteten Merkspruches: „Wer auf Erden nichts ist, kann später nichts werden." Bei Kreuzgängen und Gewölben kann es hingegen schon mal Probleme geben, die der Mecklenburger ohne Einfluss durch geistlichen Segen auf seine Weise löst: er nutzt sämtliche Seitenschiffe und schafft flexible Raumteiler durch zeitweise Portieren.

Daraus entstehen neue Kulturräume, die nicht hoch genug geschätzt werden können, was mittel- wie unmittelbar einher geht mit Umbenennungen der Objekte, die sogleich neue Begierden wecken, was für einen Mecklenburger kein Problem darstellt, solange man ihm freie Hand lässt, sich in die Lage zu versetzen, sie ohne weiteres erfüllen zu können.

Der Kleine Mecklenburger
musikalisch–bukolisch

„Der Streuselkuchen"
Eine Erzählung zu:

„Childrens Corner"
von **Claude Debussy**

Frau Wunderschön ist Ehefrau, Mutter, Hausfrau. Alles gleichzeitig und hauptberuflich. Gelegentlich schwankt sie in der Beurteilung des Schwierigkeitsgrades einer ihrer drei großen Lebensaufgaben.

Heute tritt das ein, was Frau Wunderschön stets gefürchtet hat, aber bisher vermeiden konnte: es kommt zum Schwur. Die Vorstellung von Etikette und Anstand wird durch Tochter Aquamarina gestört, die vor einem der zahlreichen Spiegel im Esszimmer Tanzfiguren erprobt.

„Fast nichts an und den Rest bis zum Kinn hochgezogen...die Beine zu Brezeln verschränkt... grauenhaft! Und das am helllichten Tag!"

„Was heißt überhaupt ‚Beine wie Brezel'? Ich bin dabei, den Regentanz zu lernen."

Kaum, dass Aquamarina ihre Tanzübungen wieder aufgenommen hat, macht sich ein Mann im Türrahmen bemerkbar. Es ist Herr Wunderschön.

Mit gewohnheitsmäßig feierlichem Gesicht lässt er den gedeckten Tisch auf sich wirken. „Der volle Genuss!", tönt es nach einer Kunstpause aus ihm. Er setzt sich, breitet die Serviette aus und stopft sie mit zwei Zipfeln in den Hemdkragen.

„Was gibt es in der Schule?"

Damit hat sich Herrn Wunderschöns Ansprache überraschenderweise erledigt. Stattdessen: schnelle, harte Fingerschläge.

Aquamarina dreht sich um. Der Vater starrt die Tochter an, die Tochter den Vater. „Ich übe den Regentanz", erklärt sie, um einer höhnenden Frage zuvor zu kommen.

„Waaas übst Du?"

„Den Regentanz", wiederholt Aquamarina überdeutlich. „Ich will, dass es endlich mal wieder regnet!"

„Bist Du noch ganz gescheit?", bricht es aus Herrn Wunderschön heraus. „Weißt Du nicht, dass Tausende und Abertausende von Touristen in der Stadt sind, um beim weltweit einzigartigen Marienkäferrennen Wetteinsätze zu riskieren? Schlag Dir den Regentanz aus Deinem hübschen Köpfchen und setz Dich endlich!"

Aquamarina begibt sich umgehend in aktiven Widerstand. Kopf und Körper zucken. Ihr ganzer Körper ist durch und durch Rhythmus.

Herr Wunderschön lässt die Hände behutsam auf den Tisch sinken. Es ist die Stille vor dem Sturm.

„Sie tanzt uns auf der Nase herum!", wettert er los. „Stell Dich in die Ecke und schäm Dich!"

„Wie lange?"

Aquamarinas Versuch, den Abgang hinauszuzögern, wird jählings ein Ende bereitet. Das Rauschen von Starkregen ist nicht zu überhören.

„Du und Deine spitze Zunge! Da haben wir die Bescherung!", knurrt Herr Wunderschön. „Kannst Du nicht einfach mal ohne größeren Widerstand Tochter sein?"

Der erste ergiebige Regen nach langer Zeit badet die Straßen. Vorläufiger Endpunkt des allgemeinen Erstaunens darüber ist der dumpfe Knall einer ins Schloss fallenden Tür.

Aquamarina hat in ihrem Zimmer das Fenster geöffnet, um den Regen zu bewundern, der Himmel und Erde wie durch Bindfäden zusammengefügt zu haben scheint.

„Ich muss die Schnüre zu fassen kriegen." Aqamarinas Gehirn arbeitet fieberhaft. „Kürzen muss ich sie und dann miteinander verflechten!" Beherzt greift sie in den Regenbehang hinein und staunt.

Eine unsichtbare Flüssigkeit hält die aneinandergereihten Tropfen zusammen. Wie Strippen lassen sie sich heranziehen, die Aquamarina zupft und zwirbelt, knüpft und knotet.

Endlich! Es ist geschafft. Hier noch eine hübsche Regenperle als Verzierung, dort noch ein, zwei Fädchen, um alles besser abzusichern. Das kunstvolle Gebilde unter der zusammengeschrumpften Wolke ist fertig. Wegsegeln, um sich erneut mit Wasser zu versorgen, ist ausgeschlossen.

Gerade erst vollendet, bekommt Aquamarina die Quittung für ihre gut gemeinte Tat. Frau Wunderschön kommt zur Kontrolle. „Was lungerst Du vor dem Fenster herum? Sollst Du nicht in der Ecke stehen und Dich schämen?"

Sie nimmt die Hände aus den Schürzentaschen, um sich besser aufregen zu können. „Fenster gehören geschlossen, wenn man sich schämen muss, merk Dir das!"

Sie zieht das Fenster zu. Sie runzelt die Stirn, guckt einmal, guckt zweimal. Dann der verräterische Fund: einige Regenfädchen, die keinen Platz mehr in dem Kunstgebilde hatten.

„Hier! Der Beweis!" Mutter Wunderschön fasst nach Regenfadenresten, die aber in ihren Händen zu ganz gewöhnlichen Wasserbächlein zerrinnen.

Aquamarina kichert. Das ist zu viel. Danach heißt es kurz und bündig: „Leg' Dich sofort ins Bett und schlaf!"

Das Bild, was sich Aquamarina am nächsten Tag bei schönstem Sonnenschein bietet, ist überwältigend. Soweit sie blicken kann: Menschen, die in verzücktem Erstaunen nach oben starren, wo das Kunstwerk aus Regenschnüren sich im schönsten Sonnenlicht bricht.

Aquamarina sperrt das von der Frau Mama mit Bedacht fest geschlossene Fenster weit auf, um mehr zu erleben. Polizisten stellen Schilder auf. In großen Lettern ist darauf zu lesen: „Alle Alleen, Gassen und Plätze im Umkreis der Himmelsinstallation sind vorsichtig und leise zu betreten."

Auch an die Organisation des Marienkäferwettkampfs ist gedacht worden. Die Umleitung führt am Geschehen vorbei in die Vorstadt, was alle so lange in Ordnung finden, bis irgendjemand in die Welt setzt, Marienkäfer wären im Anflug und würden die Regeninstallation zerstören.

„Sie kommen!", schallt es. „Sie kommen! Sie kommen!" Die Menge stiebt auseinander. Millionenfache Punkte geraten in gefährliche Nähe zum kunstvollen Wolkensicherheitsnetz.

„Glückskäferchen, Vorsicht!", ruft Aquamarina dem Schwarm zu, der daraufhin, wie von Autopiloten gelenkt, unter dem zarten Gebilde durch fliegt.

Die Leute beruhigen sich. Alle begaffen das Mädchen am Fenster, dem die Käfer gehorcht haben und hinter der eine imposante Erscheinung auftaucht: Aquamarinas stolzer Vater, der wichtige Herr Wunderschön.

„Mein Superfix!", brummelt er gut gelaunt. „Was hast Du für ein Kunstwerk geschaffen!"

„Woher weißt Du?"

„Du hast uns allen große Ehre bereitet. Ich habe bereits das Vorzimmer des Bürgermeisters davon in Kenntnis gesetzt. Er muss jeden Moment zurückrufen."

Das Telefon klingelt.

„Natürlich, Herr Bürgermeister", hört Aquamarina ihre Mutter säuseln. „Sie ist schon da."

„Hier ist Aquamarina Wunderschön, guten Tag", meldet sich die kleine Regenknüpferin artig.

„Ein was? Ein Schäfer? Wie witzig! Haben Schäfer Locken wie Schafe?"

Das milde Lächeln der Eltern gefriert.

„Woher kommt er? Vom ‚Süden des Kontinents'?"

Aquamarina scheint mit der Antwort zufrieden und nickt mit dem Kopf. Gleich darauf gibt sie sich ratlos: „Mit mir sprechen? – Ich und Rettung? – Dass ich nicht lache!"

„Sei doch etwas gefälliger", mahnt die Mutter und hält sich die Augen zu.

„Na gut, wenn es denn sein muss – bis gleich", seufzt Aquamarina, weil es ihr vom Bürgermeister gerade vorgeseufzt worden ist. Sie legt auf.

„Was hat er denn gesagt?" Vater und Mutter Wunderschön sind aufgeregter als ihre Tochter.

„Ich soll mich so schnell wie möglich auf den Weg machen. Ein Schäfer sitzt auf dem Rathausplatz vor dem Amtszimmer des Bürgermeisters und bläst ohne Punkt und Komma auf einem flötenähnlichen Instrument. Er möchte mit mir sprechen."

„Worum geht es denn?"

„Habe ich nicht gefragt."

„Auch das noch!"

„Ich muss jetzt..."

„Was?"

„Duschen."

Vor dem Rathaus sitzt ein junger Mann. Zu Aquamarinas Überraschung hat er tatsächlich Locken. Schwarze. Auf einem hölzernen Blasinstrument spielt er wehmütig klagende Weisen.

Sie geht freundlich lächelnd auf ihn zu und stellt sich vor: „Ich bin Aquamarina. Du hast mich rufen lassen?"

„Mein rettender Engel", freut sich der Schäfer, legt sein Instrument beiseite, steht auf und verbeugt sich. „Der Himmel schickt Dich!" Er spricht langsam und bestimmt mit einem fremdländischen Akzent.

„Bei uns herrscht große Dürre. Die Sonne prasselt von morgens bis abends hernieder. Meine armen Schafe suchen sogar nach kümmerlichen Halmen umsonst.

Ich habe mir alle erdenkliche Mühe gegeben, mit Musik Regen herbei zu beschwören, aber es hat nicht gewirkt. Kann Deine Methode, Regen herbei zu tanzen und als Reserve für später ein Regennetz daraus zu knoten, auch bei Sonnenstrahlen angewendet werden? Da, wo ich herkomme, brauchen wir beides."

„Hast Du denn feuerfeste Finger?!", stößt Aquamarina hervor. „Ich selber habe keine Erfahrung mit Sonnenstrahlen, aber mein Vater mag es sehr, gefragt zu werden. Ich werde ihm von Dir erzählen. Wie ich ihn kenne, zaubert er bestimmt mehr als einen guten Rat für Dich aus einem seiner Ärmel."

Herr Wunderschön gründet auf schnellstmöglichem Verfahrenswege eine Gesellschaft zur Rettung von Brillenschafen. Er selber fungiert als Präsident, der Inhaber eines Brillenfachgeschäfts ist sein Stellvertreter.

Der junge Schäfer, dem Herr Wunderschön im Gästehäuschen hinter seinem Haus ein Musikstudio einrichtet und für die Schafe eine Tränke mit fließendem Wasser installieren lässt, damit sie ihre Nasenlöcher frei halten können, wird Ehrenmitglied.

Zu den Vereinstreffen im Wunderschön'schen Haus geht er regelmäßig. Freiwillig reden tut er allerdings nie. Er nutzt die Zeit dort, um an seine Liebe zu Aquamarinas ungewöhnlich blauen Augen zu denken.

Wie gerne hätte er während der Konferenzen auf seinem Musikinstrument gespielt, um sein Herz zu erleichtern, was die Vereinssatzung ausschließt.

Er hilft sich anders. Jeden Morgen komponiert er ein Gedicht für Aquamarina, die lieber Musik von ihm gehört hätte, weil seine geschriebenen Worte keinen Sinn für sie machen.

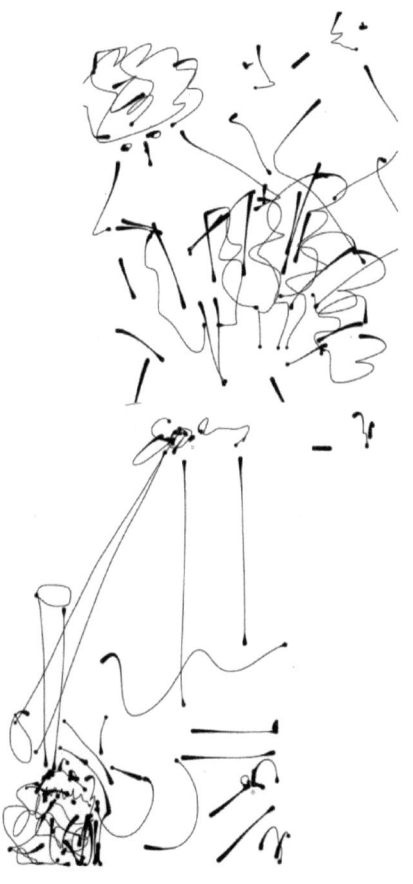

Kaum begonnen, ist der Frühling auch schon vorüber. Das Marienkäferrennen hat planmäßig stattgefunden, das fein gemusterte Netz aus Regenstrippen hängt wie eine welke Blüte unter der ständig schrumpfenden Wolke.

Irgendwann ist Aquamarinas Kunstwerk vollständig verdunstet. Missmut über die wiedergekehrte Langeweile macht sich in der Stadt breit. Man sehnt sich nach einer Sensation. Die kommt überraschender als erwartet.

Schafe mit dunklen Brillen werden in den Straßen gesichtet. Sie verhalten sich konsequent verkehrswidrig, was zunächst für Ärger sorgt, dann aber zunehmend neugierig macht. Fremde haken sich unter wie Freunde und bleiben ihnen mal hüpfend, mal springend auf den Fersen, bis die bunt zusammen gewürfelte Parade stockt, als die Schafe den Versuch eines kollektiven Ausbruchs wagen.

Beherzt tritt der Hirte den verstörten Tieren entgegen und redet beruhigend auf sie ein. Sie bleiben stehen.

„Zuviel! Es geht nicht mehr! Meine Schafe bekommen Nervenleiden in der Stadt. Es ist Zeit für mich, mit ihnen in die Heimat zurückzukehren", ruft der junge Schäfer Aquamarina zu.

„Warte!" Aquamarina verschwindet, um kurz darauf mit einem Stück Kunstrasen zurückzukommen.

„Da! Ich kann zwar keine Sonnenstrahlen knüpfen, aber dieses Gartenersatzteil..." Ein scheues Lächeln huscht über Aquamarinas Gesicht.

„Für mich?" Der Schäfer sucht nach passenden Worten. „Deine Sprache ist so präzise, so schmucklos", beginnt er. „Was ist ein ‚Gartenersatzteil'?"

„Es ist die Möglichkeit..." Aquamarina weiß nicht recht weiter.

„Die Möglichkeit einer Unmöglichkeit?", hilft der junge Mann aus.

„Genau! Du kannst damit etwas reparieren. Auf jeden Fall macht es Dich zum Helden – oder König."

Aquamarina strahlt, der Hirte nickt tapfer und hütet fortan das Stück Kunstrasen wie seinen Augapfel. Unverändert an die magische Kraft von Aquamarinas Gartenersatzteil glaubend, wartet er viele Wochen und Monate auf die erhoffte Möglichkeit einer Unmöglichkeit.

Seine Geduld wird belohnt. Erst langsam, dann deutlich sichtbar, wachsen nach einem Jahr zwei echte Sonnenblumen aus dem Kunstrasen hervor. Riesengroß werden sie und zeigen weithin sichtbar an, dass der Schäfer Held und König geworden ist.

„Der Apfel"
Eine Erzählung zu:

„Jeux d'enfants"
von **Georges Bizet**

Es ist ein Sonntagnachmittag wie viele, und doch irgendwie anders.

Etwas Besonderes liegt in der Luft. Auf der Terrasse des größten Hauses weit und breit sitzt Herr Himmelheber am gedeckten Kaffeetisch und befragt mit Ungeduld seine goldene Armbanduhr, als ein kleiner Junge angestürmt kommt.

Es ist Himmelhebers Sohn Felix, der im schönsten Kindesalter ist, wenn alles als erlaubt gilt und sowieso entschuldigt wird. „Vater, so hör doch! Sie kommen!" keucht er.

Herr Himmelheber ist Bürgermeister der Stadt und gibt sich stets würdevoll, was daran erkennbar ist, dass er selten zu Scherzen aufgelegt ist.

„Felix, schrei nicht so herum! Was heißt: 'Sie kommen'?"

„Ein großer König kommt", japst Felix hektisch. „Auf den Ärmeln hat er mehr goldene Streifen als ich Finger an beiden Händen zusammen."

Herr Himmelheber hält sich den Bauch vor Lachen. „Das soll man also glauben! Die ganzen Ärmel von oben bis unten voll mit goldenem Besatz!", ruft er ein ums andere Mal. „So ein Schwindel! Gleich wirst Du uns wieder weismachen wollen, Du hättest unter dem Postkasten an der Straße gesessen und dort gehört, wie sich die Briefe unterhalten!"

„Was stehst Du herum und sagst nichts?", herrscht Vater Himmelheber seinen Filius an.

Der zuckt zusammen. Er mag nicht damit herausrücken, dass er die Meldung tatsächlich aufgeschnappt hat, als zwei Briefe wichtige Nachrichten über den royalen Besuch austauschten.

Er rennt den Weg zurück, auf dem er gekommen ist, während er seine Puppe mit dem unförmigen Körper aus Sägemehl die ganze Zeit fest an sich gepresst hält.

Keuchend lässt er sich unter den Postkasten fallen.

„Lausch mal", flüstert Felix der Puppe leise in die gestickten Augen. Ohren hat sie nicht, was Felix nicht stört und die Puppe genauso wenig, die nie welche gehabt hat, und deshalb nicht weiß, dass man ohne Ohren zwar verstehen, jedoch nicht hören kann.

Trotzdem entgeht ihr nie, was Felix meint. „Pass auf!", gibt er ihr gerade jetzt ein Zeichen. „Da ist wieder der Bass von vorhin!"

„Ich bin der Meinung, unser Bürgermeister sollte den König schriftlich einladen! Was halten Sie von meiner Idee, Verehrteste?", tönt es.

Felix hört mit wachsender Aufmerksamkeit zu, weil von seinem Vater die Rede ist. Er hätte auch gerne gewusst, wer mit „Verehrteste" angesprochen wird.

„Die Leute lieben gekrönte Majestäten, aber noch viel mehr Prinzen und Prinzessinnen", begründet der Bass seinen Vorschlag.

„Hast Du das mitbekommen?" Felix küsst die Puppe auf beide Seiten des flachen Kopfes, dorthin, wo normalerweise Ohren angewachsen sind.

„Sie, mein Lieber, werden schon mal leise bei Hofe anfragen..."

„Wieso bei Hofe?", unterbricht der Bass eine Sopranstimme polternd, von der Felix meint, dass sie wohl zu der „Verehrtesten" gehört.

„Mein Lieber, seien Sie doch nicht so unangemessen aufregt."

„Wie Recht Sie haben", pflichtet der Bass bei.

„Sie ahnen nicht, dass wir von ihrem Geheimnis wissen!" Felix presst die Puppe an sich. „Wir müssen meinen Vater informieren!"

Himmelheber junior betritt des Vaters Arbeitszimmer ohne anzuklopfen und erlebt seinen Vater wie nie zuvor.

„Gebt mir die Vorlage für das Protokoll!", brüllt er ein ums andere Mal. „Wo ist die Gästeliste? Tempo, Tempo, Leute! Der König kommt! Ein echter Monarch!"

„Er weiß es also schon", durchfährt es Felix. „Jemand von seinen Leuten hat mal wieder gepetzt."

„Vater! So hör doch! Ich kann Dir viel mehr erzählen!"

Herr Himmelheber ist sofort wieder ganz die alte Autorität:

„Was kannst Du erklären? Heraus mit der Sprache! Du sollst es nicht bereuen, wenn Du mehr weißt, als wir alle zusammen. Zur Belohnung hast Du einen Wunsch frei!"

„Ich möchte mit der Königstochter am Strand spielen."

„Die Spielstunden sollst Du haben! Und nun erzähle!"

Felix nickt eifrig. Er hätte glücklich sein oder zumindest sich freuen müssen. Für beides fehlt ihm der Mut.

Nachdem Herr Himmelheber sich beruhigt und den königlichen Besuch zur Chefsache erklärt hat, geht alles sehr schnell. Bevor man sich's versieht, ist der große Tag gekommen, an dem die Majestäten mit ihrem Gefolge im Rathaus als Freunde begrüßt werden.

Derweil kauert Felix zu Hause im Garten auf der Holzumrandung des Sandkastens und wartet ungeduldig, dass sein Wunsch in Erfüllung geht. Und wirklich! Es dauert gar nicht lange, da kommt ein Mädchen mit lachenden Augen auf ihn zu.

„Bist Du die Prinzessin?"

Das Mädchen nickt.

„Ich habe Dich an Deinem schönen Kleid erkannt."

„Extra für heute."

„Ein Brautkleid?"

„Vielleicht. Lass uns ein Haus bauen. Wenn es fertig ist, heiraten wir."

Gesagt, getan! Felix und die Prinzessin machen sich umgehend an die Arbeit. Die Vorbereitung für die Hochzeit läuft auf Hochtouren.

Es ist schon spät am Nachmittag, als die beiden meinen, sie hätten an alles gedacht. Jetzt fehle nur noch eine würdige Zeremonie, um den Bund zu besiegeln.

Felix und die Prinzessin nehmen die Trauung mit Ringen aus Stanniolpapier selber vor, woran die Puppe nichts auszusetzen hat. Sie schläft auch dieses Mal mit offenen Augen.

Später sitzt das Pärchen eng aneinander gekuschelt im Gras unter dem Postkasten, wo Felix die Prinzessin in das Geheimnis der sprechenden Briefe einweihen will.

Nicht lange nach dem Sandkastenspiel, wird die Prinzessin abgeholt und zu ihren Eltern gebracht. Seitdem wartet Felix auf ein Zeichen von seiner kleinen Frau, der Königstochter.

Jeden Tag geht er zum Postkasten und lauscht angestrengt hinein, ob es Hinweise gibt, dass sie ihn und die Hochzeit am Strand nicht vergessen hat. So auch heute.

„Wie die Zeit vergeht!", hört er die wohlbekannte tiefe Stimme zu einem anderen Brief sprechen. „Kommen sie heute Abend auch zum Abschiedsball für die königlichen Gäste in den Festsaal des Rathauses? Es wäre eine schöne Gelegenheit, ganz unauffällig zu beraten, was mit den beiden weiter geschehen soll."

Felix ist wie vor den Kopf geschlagen. Würde die Prinzessin sich auf und davon machen, ohne ihm vorher ein einziges Wort gegönnt zu haben?

Er handelt. Sein Ziel: der Ball.

Das Fest hat bereits angefangen, als er sich unter die Gästeschar mischt, um nach der Prinzessin Ausschau zu halten. Sie ist der strahlend schöne Mittelpunkt der Gesellschaft und kommt lächelnd auf ihn zu, als wenn sie nur auf ihn gewartet hätte.

„Weißt Du noch?"

„Natürlich!"

„Ich kehre bald in mein Land zurück und warte auf Deine Briefe."

Mit diesen viel versprechenden Worten verschwindet die königliche Hoheit im Rausch des Ballgeschehens.

Täglich wirft Felix Liebesgrüße an die Prinzessin in den besonderen Postkasten.

Eines Nachmittags, als er wie gewohnt darunter sitzt, um zu hören, ob vielleicht Briefe wichtiger Persönlichkeiten etwas über sie zu berichten wissen, kommt ihm das Krächzen einer weiblichen Stimme zu Ohren:

„Da ist schon wieder so ein dummer Zettel von dem jungen Himmelheber."

Einen Augenblick herrscht Stille im Postkasten, dann plärrt es jedoch lauter als zuvor:

„Warum antworten Sie nicht? Haben Sie nicht gehört, was ich gesagt habe?", beharrt die Frau.

„Oh ja, Verehrteste, jetzt erkenne ich Sie", beeilt sich eine wohl tönende, tiefe Männerstimme die ärgerliche Sprecherin zu beschwichtigen. „Sie klingen so anders als sonst!"

Auch Felix ist im Nu voller Spannung, als er merkt, dass es seine beiden Briefeschreiber von früher sind.

„Eine böse Erkältung macht mir seit dem Abschiedsball für den hohen Besuch zu schaffen", hustet die Dame. „Das darf uns jedoch nicht davon abhalten, einen neuen Plan zu entwerfen. Das arme Königskind denkt bestimmt, der Sohn unseres Bürgermeisters habe kein Interesse mehr an ihr."

„Jawohl! Wir werden planen!" dröhnt der Bass. „Ich melde mich in den nächsten Tagen mit präzisen Vorschlägen zu möglichen Schritten."

Seitdem ist für Felix kein Halten mehr. Clever wie er ist, sorgt er für Abwechslung, die ihn näher an sein Ziel bringen könnte.

Das von seinen Eltern favorisierte Holzpferdchen Karussell im städtischen Vergnügungspark gehört nicht dazu. „Immer nur rundherum und nie in die Ferne", moniert er.

„Du meinst im Kreis", berichtigt ihn Herr Himmelheber.

„Lebt die Prinzessin hinter dem Kreis?"

Als ihm die Frage nicht schlüssig beantwortet wird, obwohl sein Vater immerhin Bürgermeister ist, versucht es Felix nach eigenem Gutdünken mit Federball und Seifenblasen.

Ersterer kommt wie ein Vogel geflogen, stellt er sich vor. Der setzt sich dann auf einen Fuß und wartet so lange, bis jemand jemandem eine Botschaft schicken möchte. Ist es soweit, weiß er ganz von alleine, wohin das Brieflein zu bringen ist und wartet dort die Order für eine Rückantwort ab.

Felix hat nie eine Nachricht auf diesem Wege bekommen, erst recht nicht von der Königstochter – nein, der Federball ist nicht das Richtige für eine Kontaktaufnahme mit der Prinzessin.

Seifenblasen hingegen scheinen ihm aus Erfahrung zukunftsträchtig wie kein anderes Mittel, was ihm zur Verfügung steht.

Eines Tages erscheint ihm die Prinzessin in der schönsten aller Seifenblasen und verspricht ihm ein Wiedersehen mit ihr, wenn er drei Spiele seiner Wahl gewinnt und ihren tieferen Sinn versteht, was Felix nach eigener Einschätzung mit bewährtem Einfühlungsvermögen und intelligenter Kombinationsgabe nicht schwer fällt.

Als Gruppenspiel rangiert für ihn „Bäumchen-wechsle-Dich" auf Platz eins. Es ist ständiges Thema beim Vater, wenn er aus dem Bürgermeisteramt nach Hause kommt und im Arbeitszimmer den Tag Revue passieren lässt, während Felix unter dem Schreibtisch spielt. Er braucht jetzt im Kreis seiner Spielkameraden den Vater nur gut genug zu imitieren, was ihm schon wie einem Großen gelingt. Beinahe, aber es reicht für einen knappen Sieg.

„Blinde Kuh" ist ein Extra-Spaß, der am meisten seine Mutter nervt. Es geht in Felix' Spielzimmer ziemlich laut zu, als die Freunde sich necken und rüpeln, wenn die Körperberührung zu eng wird, was Felix mit Mühe zu verhindern weiß und den Sieg davon trägt.

Er ist froh, dass die letzte Prüfung von ihm ganz alleine gemeistert werden muss. Es ist Bockspringen.

Felix hält nach hohen Pfählen Ausschau, schätzt sie gut ab und überspringt sie problemlos. Das fünfte, das sechste und auch noch das siebente Mal. Dann reicht es ihm.

Er sinnt auf weniger Mühe und versucht sich an einem niedrigen Poller. Doch ausgerechnet das flache Hindernis bringt ihn beinahe zu Fall. Die geringe Höhe hat ihm einen falschen Wert vermittelt.

„Könnte es sein, dass es mindestens genauso wichtig ist, nach unten wie nach oben zu blicken?", fragt sich Felix und vernimmt in diesem Moment die sehnlich erwartete Stimme der Prinzessin:

„Gewonnen!" jubelt sie. „Das war die wichtigste Prüfung. Du hast sie mit Glanz bestanden und wirst später an meiner Seite ein guter Herrscher werden, wenn Du Bürgerinnen und Bürger achtest."

Felix ist überglücklich. Die Bedingungen für ein Zusammenleben mit der Prinzessin sind erfüllt. Ganz ungetrübt ist das Stimmungshoch jedoch nicht. Der entscheidende Hinweis, welcher verschlungene Pfad wirklich zu der leibhaftigen Prinzessin führen könnte, fehlt nach wie vor.

Nachdenklich trottet er über das Unkraut am Rande der Straße und hält auf halber Strecke an.

Sein Blick fällt auf den Postkasten, vor dem er aus alter Gewohnheit wie von selbst Halt gemacht hat. „Ob die kluge Dame und der verständige Herr Bass sich noch immer über die Prinzessin und mich unterhalten?"

Ihn überkommt Sehnsucht nach seinen Ratgebern aus vergangenen Zeiten. Er nimmt seinen Platz von früher ein, strengt sich jedoch vergebens an, Stimmen zu erkennen.

Stattdessen meint er, den alten Mann zu vernehmen, der sich oft auf der

Bank neben dem Postkasten einfand, wenn Felix seiner Puppe von Gesprächen berichtete, die er aus dem Postkasten vernommen hatte.

„Briefe hören, das konnte ich, als ich ein Kind war wie Du, aber seit ich erwachsen bin, ist mir die Fähigkeit dafür verloren gegangen", hatte er eines Tages Felix gestanden.

„Dann bin ich jetzt wohl erwachsen", staunt Felix und beeilt sich, den Eltern die Neuigkeit zu überbringen.

„Ich bin erwachsen!", verkündet er zu Hause dem ersten, der ihm begegnet.

Das ist sein Vater.

„Ich weiß, mein Sohn", antwortet Bürgermeister Himmelheber ernst, aber nicht unfroh. „Gerade habe ich eine Eilnachricht von dem freundlichen König erhalten, der vor einiger Zeit mit seiner Familie in unserer schönen Stadt zu Besuch war. Er will im nächsten Jahr wiederkommen.

Wir haben Wichtiges zu besprechen. Kannst Du Dir denken, worum es dabei gehen soll?"

„Die Prinzessin!", jauchzt Felix. „Soll ich bei den Vorbereitungen für den Besuch helfen?"

„Da sage ich nicht 'Nein'."

„Wie wäre es zur Stärkung mit einer Pizza für uns?"

„Keine schlechte Idee. Lass uns ein Kartell der guten Absichten gründen."

„Der Zauberladen"
Eine Erzählung zu
„La Boutique fantastique"

von **Ottorino Respighi**
nach dem Ballett
von **Gioachino Rossini**

Der junge Mann galt den einen als Playboy, den anderen als gewiefter Geschäftsmann, im Zweifelsfall als Phänomen.

Mal Regen Moghul, mal Woll Nabob, dann wieder Herrscher über ein Imperium von Sondergrößen außerhalb seines normalen Sonnenblumenhandels „Von der Sonne bis zum Kern".

Gerade kürzlich war er von mehreren Magazinen gleichzeitig zum bestgekleideten Mann der Welt gekürt worden, was Unmut bei anderen hervorrief, weil sie zuvor eine von groben Ungenauigkeiten bereinigte Ranking Liste gefordert hatten, auf der sie selber nach Rückkehr von anstrengender Parkettarbeit einen anständigen Platz an erster Stelle belegt haben könnten. Vielleicht das nächste Mal. Man kann ja ohne viel Aufhebens noch ein bis zwei Brikett drauflegen.

Auch das nächste Mal war der Konkurrenz nicht mehr Medienaufmerksamkeit als dem jungen Unternehmer vergönnt. Was immer sie auch in Szene setzten, er kam ihnen stets zuvor.

Nicht, dass er sich dafür besonders anstrengen musste oder er sich mit nichts anderem als mit seiner Publicity beschäftigte – er hatte mehr Abwechslung als ihm lieb war, zumal er als einer der begehrtesten Junggesellen der dafür zuständigen Gesellschaft galt und für die Erhaltung des Rufes in einem eigenen Atelier immer neue Kostümierungen für sich entwarf.

Gekrönt wurden seine Auftritte stets mit einer passenden Brille, die er nur absetzte, wenn er sogleich eine andere von seines Scheitels Mitte nachschieben konnte, was ihm sogar in mäßig hellen Räumen zur Angewohnheit geworden war.

Zum Stressabbau pflegte der junge Mann einen „Ausgleichssport", der sich von dem vieler anderer seiner Klasse unterschied: er liebte das Musiktheater und arbeitete gerade jetzt an einem neuen Ballettprojekt, das es so in der westlichen Hemisphäre noch nicht gegeben hatte.

Die Aufgabenstellung war der Entwurf für ein Bühnenbild zu einem interaktiven Spektakel der Kumulationsartistik, dessen Titel auf möglichst breit gefächerter Ebene Programm sein musste. Es hieß: „Die karmesinrote Rhododendra".

Dafür hatte er einen hügeligen Landschaftsgarten mit üppiger Bepflanzung entworfen und hoffte, bei der Premiere dort als unsichtbarer Statist mitwirken zu dürfen.

„Es wird sich fügen", hatte der Chef der Compagnie, der selbstverständlich anderes als den Wunsch nach einer Statistenrolle im Kopf hatte, den Ballett-Freak einfühlsam vertröstet:

„Mein Lieber, Sie haben freien Zutritt, wann immer Sie wollen, so lange meine Premieren nicht davon berührt werden", eine Bedingung, die wegen des Premierenreichtums im Leben des weltberühmten Tänzers und Choreographen unmöglich eingehalten werden konnte.

„Ich probe schon mal mit dem Modellbau des Bühnenbildes zu Hause vor", ließ der junge Mann wissen. Wir können vielleicht einen Modus Vivendi finden, indem wir die umgekehrte Richtung nehmen: Sie kommen in meinem Loft vorbei, wenn kein Hochbetrieb ist und begutachten, ob ich Ihre Ideen und Pläne genauso umgesetzt habe, wie von Ihnen errechnet und skizziert."

„Wir sind unkomplizierter, als wir uns anhören – überzeugen Sie sich doch kurz vor der Premiere bei uns im Theater, ob Sie in die Kulisse hinein passen würden, falls ein anderer Statist ausfällt, was immer mal wieder passiert, wenn es nicht passieren soll. Sie wissen ja, wann die Vorstellung ist. Kann ich sonst noch etwas für Sie tun?"

„Ein karmesinrotes Triangel würde gut in meine Anlage passen. Wenn Sie das noch erübrigen könnten."

„Ich werde mit dem GMD sprechen. Triangeln sind ein heikles Thema. Da halte ich mich gerne raus."

Tatsächlich kam es zu dem Leid, das des anderen Freud bedeutet. Der Profi Statist mit erstem Anrecht auf die Hauptrolle erkrankte. Der Aufruf für ihn einzuspringen erreichte den jungen Mann wenige Stunden vor der Premiere, so dass er sich glücklich pries, seine Statistenrolle bereits im Bühnenbild einstudiert zu haben.

Sogar die Bepflanzung hatte er der Theaterrealität angepasst gehabt und für „Die karmesinrote Rhododendra" einen Hügel aus satt safrangelben Azaleen auf dunkelgrünem Teppichboden gewählt, den er in einem Gartencenter mit Künstlerrabatt erwerben konnte.

Seine Absicht war, dass ihre Blüte genau zum großen Solo der Rhododendra mit der glücklichen Wende im Hin- und Hergewoge der Leidenschaften eingeleitet und zur Vollendung gebracht wird.

Er probierte mehrere Azaleenarten in unterschiedlichen Farben und Nuancierungen, wobei die gesamte Anzahl der Töpfe mit verblühten Pflanzen mehrfach ausgetauscht werden musste, bis er Wärme, Licht und Befeuchtung so zu regulieren verstand, dass er ihre Haltbarkeit und den exakten Zeitpunkt der Blütenöffnung rechnerisch voraus bestimmen konnte.

Der junge Mann eilte zum Theater, meldete sich am Bühneneingang zur Stelle und bekam die Nummer eines Raums genannt, wo er alles Weitere erfahren würde.

Der Weg dorthin führte durch ein Labyrinth von Fluren, in denen sich dicht an dicht unterschiedliche Funktionsräume befanden, auch mehrere voll eingerichtete Garderoben mit Monitoren. Die Türen angelehnt, dahinter spürbare Nervosität, leises Sprechen, Hin- und Herhuschen. Kalt war es. Keiner hatte ihm gesagt, dass jeder für sich Vorsorge gegen Unterkühlung treffen muss.

Die nächste Garderobentür, die übernächste – sie steht einen breiten Spalt offen.

Auf dem Hocker vor dem Spiegel – sein Atem stockt. Er rückt seine Brille auf der Nase zurecht, nimmt sie ab, steckt sie in die Brusttasche, vertraut auf den Ersatz vom Scheitel.

Das ist sie! Er irrt sich nicht. Es ist die Primaballerina. Nicht irgendeine. Es ist seine Primaballerina. Die seines Lebens.

Er klopft an.

„Herein."

„War ihre Stimme immer schon so spröde?", fragt er sich und nimmt die Ersatzbrille ab. „Du?"

„Du?", kommt es zurück. „Setz' ruhig Deine Brille wieder auf, dann kannst Du mich besser sehen."

„Freust Du Dich nicht?"

„Wie Du siehst." Sie wirft einen Blick auf den Monitor. „Entschuldige, ich bin eigentlich schon bei der Aufführung."

„Ich habe mir Deine Freude anders vorgestellt."

„All die Jahre – Du kennst mich nur im Matrosenkleid.

„Stand Dir nicht schlecht."

„Danke. Heute bin ich 'Die karmesinrote Rhododendra.'"

„Ich habe ein schönes Bühnenbild für Dich gebaut."

„Wie immer ohne Hilfe?"

„Soweit es ging."

„Kein Kommentar – holst Du mich hinterher in der Garderobe ab?"

„Hier?"

„Ich denke schon. Warte, ich schreib mir vorsichtshalber Deine Telefonnummer auf, damit wir uns nicht wieder aus den Augen verlieren, falls bei mir oder Dir nach der Vorstellung etwas dazwischen kommt."

„Sag es lieber gleich, bevor ich mir Hoffnung mache."

„Was machst Du sonst so außer Spinnen?"

„Ich bin Statist."

„Das sehe ich."

„Heute Abend – ich müsste nur noch meine eigene Garderobe finden."

„Weiter nichts?"

„Sonst? Ich bin zum König gewählt worden, wie von Dir vorausgesehen, obwohl Du meine wirkliche Familiengeschichte nicht kanntest."

Die Ballerina lächelt. „Wir haben beide ein Leben voller Hindernisse hinter uns. Glaub mir, meine Lehre war nicht minder hart als Deine."

Die Klingel schrillt. Die Durchsage kommt: „Alle Damen und Herren des Corps bitte an die Plätze."

„Jetzt schon?"

„Wir haben einen Neuen in der Technik. Ich denke, er übt."

„Und ich?"

„Darum musst Du Dich selber kümmern. Ich würde das aber in Deiner Stelle nicht zu ernsthaft tun. Statist im Bühnenbild ist bei uns die rechte Hand vom Chef der Compagnie.

Von da aus kann er besser einen Blick drauf haben, wer seinen Anweisungen nicht durchweg Folge leistet und zwischendurch in den Kulissen verschwindet, um sich frisch zu machen oder neues Rouge aufzulegen."

Er hatte verstanden und begab sich umgehend an die Kasse, wo er mit einigem Glück noch eine Karte für die Abendvorstellung in der ersten Reihe erwerben konnte.

Zur frühestmöglichen Einlasszeit ließ sich der junge Mann auf seinem Platz im Zuschauerraum nieder und freute sich über die dem Bühnenvorhang vorgelagerte Insel von Azaleen, deren safrangelbe Knospen sich in dunkelgrünem, glänzendem Blattwerk wie ein Berg aus vielkarätigem Gold und Juwelen ausnahmen.

Die Vorstellung nahm ihren guten Lauf, bis sie so weit fortgeschritten war, dass die Azaleen anfingen aufzublühen. Nach seiner Kalkulation musste nun die große Nummer seiner Angebeteten kommen.

Er suchte sich festen Sitz in dem bequemen Sessel, um gleich darauf unter Hochspannung zu geraten: ein Azaleentopf bewegte sich, schob sich langsam aus den anderen heraus, kippte leicht zur Seite – Bewegung kommt in das Orchester. Etwa eine Panik? Gott behüt's!

Aber nein! Alles hat seine Ordnung. Die ersten Geigen erheben sich und gruppieren ihre Stühle um, dann die Bratschen, die Celli, die Bässe. Es entsteht eine gewagte Brücke vom Orchestergraben zum Zuschauerraum, auf der wenig später eine kleine Ballettratte als karmesinrotes Triangel mit rhythmisch gesetzten Schritten vor der Primaballerina her tanzt.

Das Publikum tobt. Keinen hält es auf dem Platz, nur die Profis unter den Ballettbesuchern versuchen, die Menge mit laut gezischten „Psts" zur Ruhe zu gemahnen, was nicht gelingt.

Die Aufführung bleibt auch nach der artistischen Einlage ein umjubelter Erfolg. Nach dem sechzehnten Vorhang hört der junge Mann auf zu applaudieren und strebt zur Garderobe der Primaballerina, um die vielleicht wichtigste Verabredung in seiner Junggesellenzeit einzuhalten.

„Du hast die Rhododendra traumhaft getanzt!"

„Die karmesinrote!"

„Oh, ja! Entschuldige vielmals! Eine verbale Unterlassungssünde!"

„Es gibt Schlimmeres."

„Ich kann es mir vorstellen – Glückwunsch...Glückwunsch..!"

Die Garderobe der Primaballerina ist fast zu eng für die Blumengrüße und ständig werden neue herein gereicht.

„Alle haben alles gegeben. Ein paar Schwachpunkte noch hier und da...Der Chef hat sie schon angesprochen. Nächstes Mal wird's besser."

„Kann ich dazu etwas beitragen?"

„Wenn Du unbedingt willst – mein persönlicher Wunsch wäre ein großer Trompetenbaum, um den Orchestergraben zu bewachen. Ersatzweise eine „Königin der Nacht". Alles andere muss sich ergeben."

Der junge Mann notierte alles gewissenhaft und machte neue Pläne. Ein joint venture mit dem Gartencenter stand kurz bevor.

Die Pies-Wurst

Ein Schwank mit Schwenk zum
real existierenden Existenzkampf

Die Mitwirkenden und ihre Darstellungen

Die Pies-Wurst
Mecklenburgisches Urbedürfnis. Als Eintopf für Banker bekannt, der letzte Schrei, der nie verhallt. Es geht dabei fast immer um die Wurst.

Die Null
Fester Bestandteil jeglichen Lebens und in Mecklenburg außerordentlich beliebt. In manchen Landstrichen unerlässlich. Die Null als das Gelbe vom Ei. Die Vollendung irgendeiner runden Null wird beständig gefeiert. Die Vollendung der Form des Eis steht seit Jahrtausenden kurz bevor.

Manni
Sein Kunststück: Fakt wie Faktotum ohne Wertverfall. Mit Pensionsbezug. Immer da, wenn er nicht gebraucht wird. Und umgekehrt.

Ewald
Eigenwillige Qualitätssicherung von Mannis Fakten. Präsenzfrequenz: über 90%. Der Rest: vorwiegend genehmigte Ausnahmen. Still und schweigend passionierter Angler. Gelegentlich Fischer. Seismograph und Barometer für Vergangenheit und Zukunft.

„Prof."
Versteht alle und alles. Hängt das nicht an die große Glocke. Verfechter von Traditionen. Mit Anspruch auf eigene Interpretationen. Familienoberhaupt mit Sinn für Prioritäten. Kann auf Mannis Ergebenheit zählen.

Der Küchenchef
Eine der tragenden Säulen des „Resthouse".

Utz
Seine Messlatte ist hoch. Ausweg: man unterläuft sie, wie Utz es vormacht.

Geburtstagskind
Hochsitzakrobat und verschwiegener Vielsager. Feierfreudig. Trinkfest bis unter die Haarwurzeln.

Ein Pensionsgast
Unbedarfter Neuling zwischen Mecklenburgs Sitzgelegenheiten.

1.Szene

Manni
Alter um die 70 plus oder 80 minus. Gesamteindruck: vernachlässigt. Er hat sich mit den Unterarmen auf die Fensterbank des geöffneten Fensters über der Eingangstür zum Hotel-Restaurant „Resthouse" gelegt.

Es regnet in Strömen.

Pensionsgast
Typische Großstädterin. Erkennbar an unpraktischer Kleidung. Aufgespannter Regenschirm in der einen Hand, in der anderen Hand eine Tasche, eilt über den Hof auf die Eingangstür zu.

Manni
macht sich durch unverständliches Gebrabbel bemerkbar, lehnt sich weiter vor.

Pensionsgast
bleibt stehen.

Manni:
„Schönes Wetter, nöch?"

Pensionsgast
schiebt den Schirm in den Nacken, um Manni anschauen zu können:

„Es regnet."

Manni:
„Sach ich doch!"

Pensionsgast
in unveränderter Haltung. Nachdrücklich:

„Es regnet!"

Manni
mit Verzögerung:

„H a b e ich doch gesacht!"

Pensionsgast
genervt:

„Na, hoffentlich hört es bald auf. Kaum zu ertragen."

Manni
etwas gereizt:

„Was?"

Pensionsgast
ungeduldig:

„Regen."

Manni
unverändert:

„Was?"

Pensionsgast
laut und überdeutlich:

„Der Regen!"

Manni
lehnt sich weiter raus:

„Was gibt's Neues?"

Von Ferne die Melodie von „Im Frühtau zu Berge". Manni grinst breit, nickt zufrieden.

„Das sind die von der Pies-Bewegung. Oder so."

Pensionsgast
sehr laut und deutlich:

„Was für eine Pies-Bewegung?"

Manni
wichtigtuerisch, empört:

„Steht doch inne Zeitung!"

Brabbelnd:

„Pies-so-naam-uspiesgehölz."

Verschwindet.

Pensionsgast
genau unter dem Fenster, herausfordernd:

„Wieso Pies-Bewegung im Gehölz? Sind die Amerikaner da?"

Manni lässt sich nicht blicken. Pensionsgast macht einen Schritt zur Eingangstür. Die öffnet sich. „Prof." erscheint. Undefinierbares Alter ab 65 plus oder 70 minus. Wie aus dem Ei gepellt.

„Prof."
macht eine einladende Geste:

„Kommen Sie herein."

Pensionsgast
klappt den Schirm ungeschickt zu.

„Prof."
monoton:

„Ach, Manni! Der bringt manches durcheinander."

Geht hinter den Tresen. Wie nebenbei:

„Kaffee?"

Pensionsgast
erleichtert:

„Oh, ja bitte! Sie sind mein Retter."

„Prof."
ohne eine Miene zu verziehen:

„Die Kaffeemaschine braucht ihre Zeit."

Pensionsgast
enttäuscht, gezwungen höflich:

„Das macht nichts. Ich warte."

„Prof."
stoisch:

„Ich kann jetzt die Maschine anstellen, wenn Sie so lange warten wollen -so ungefähr eine Stunde dauert es. Vielleicht etwas weniger. Möchten Sie jetzt schon mal was anderes?"

Fängt an Gläser zu polieren. Eine gewisse Gleichgültigkeit gegenüber dem Thema Kaffee ist unverkennbar.

Pensionsgast
begeistert:

„Latte macchiato."

„Prof." antwortet nicht, kramt, poliert, fängt an, die Zapfanlage zu wienern.

Pensionsgast
unverändert begeistert:

„Ersatzweise Milchkaffee!"

„Prof."
sachlich kurz:

„Das geht nicht."

Schweigen

„Prof."
weiter sachlich kurz:

„Setzen Sie sich doch."

Pensionsgast
schwingt sich auf einen Barhocker. In der Ferne wieder die Melodie von „Im Frühtau zu Berge"...

Aufgeschreckt:

„Wer ist das?"

„Prof."
guckt kurz auf, hantiert dann weiter. Beiläufig informierend:

„Wir haben eine Gesellschaft heute Abend. Ein runder Geburtstag. Alle Jäger."

Pensionsgast
neugierig:

„Und die gehören zur Pies-Bewegung?"

„Prof."
ohne eine Miene zu verziehen:

„Wieso?"

Pensionsgast
mit fahrigen Handbewegungen:

„Ich will sagen – kann ich bitte eine Apfelschorle ohne Eis haben?"

„Prof."
würdigt Pensionsgast eines schnellen Blickes, sonst unverändert:

„Apfelschorle – groß?"

Pensionsgast
übertrieben bestimmt:

„Groß, bitte!"

„Prof." bereitet ein Glas mit Apfelschorle zu, serviert es.
Pensionsgast übertrieben deutlich, fast überschwänglich:

„Danke! Ich meine..."

Nach Worten suchend:

„Wie heißt der Herr – ich meine mit Nachnamen?"

„Prof."
poliert weiter Gläser. Beiläufig:

„Wer?"

Pensionsgast
etwas genervt:

„Der Herr, mit dem ich mich eben draußen im Regen unterhalten habe."

„Prof."
arbeitet weiter. Just, wenn die Musik anschwillt, redet er, sodass die Ansage nur rudimentär ankommt:

Manniha...woh... kocht...W...ald..."

Pensionsgast
ungeduldig:

„Ich weiß. Und der Nachname?"

„Prof."
freundlich bestimmt:

„Sie können ihn einfach Manni nennen."

Pensionsgast
im Tone eines Bekenntnisses:

„Ich nehme an, dass er Ihr Untermieter ist und nicht zum Servicepersonal gehört."

„Prof."
ernst, aber freundlich:

„Manni ist Manni."

Pensionsgast
pointiert, entschlossen:

„Gut – also 'Manni'. Spricht er Englisch? So leicht wie ihm ‚Pies' über die Lippen kommt?"

„Prof."
mit einer gewissen Schärfe:

„Warum nicht? Muss man dafür studiert haben? Pies ist Pies wie Manni Manni ist.

Pensionsgast
andeutungsweise den Kopf schüttelnd:

„Ich verstehe nicht ganz. Wie wird Pies denn geschrieben?"

„Prof."
wie nebenbei:

„Das kommt drauf an. Neulich habe ich es mal mit 'i e' gesehen."

Pensionsgast
angespannt:

„Nur zu meinem besseren Verständnis würde ich gerne wissen, ob ich davon ausgehen kann, dass hier Lautschrift gesprochen wird?

„Prof.":

„Das zu behaupten, wäre mehr als übertrieben."

Dann gleichmütig:

„Was essen Sie heute Abend?"

Pensionsgast
distanziert höflich:

„Bitte machen Sie sich keine Mühe. Sie haben ja die Gesellschaft."

„Prof."
geschäftsmäßig:

„Der normale Betrieb geht trotzdem weiter. Ewald hat Fisch mitgebracht."

Utz
kommt von draußen in den Gastraum. Das äußere Erscheinungsbild: mit viel Geschick beinahe fehlerfrei. Ironisch heiter:

„Tach schön!"

Pensionsgast
gewollt lässig:

„Hallo!"

"Prof." hantiert mit Flaschen.

Utz
amüsiert:

„Brät Manni wieder Pies-Wurst?"

Pensionsgast
prustet:

„Pies-WURST?"

Utz
die Frage übergehend, leichthin:

„Was möchten Sie heute essen?"

„Prof."
grummelt:

„Die Jäger kommen."

Utz
hemmungslos fröhlich:

„Schnitzel aus dem Wienerwald?"

„Prof."
ernst:

„Ewald hat was von der letzten Nacht mitgebracht."

Utz
ironisch zu Pensionsgast:

„Dann also Fisch? Auf der Haut gebraten oder im Wurzelsud gekocht?"

Pensionsgast
seufzt:

„Gut, dann Fisch, gekocht – wenn er nicht zu viele Gräten hat."

Utz und „Prof."
im Brustton der Überzeugung:

„Überhaupt nicht. Fast keine. Bester, heimischer Knochenfisch. Eine Spezialität. Gibt es kaum noch."

Pensionsgast
zweifelnd:

„KNOCHEN?!"

Utz:
„Von irgendwas muss der Fisch ja leben!"

Pensionsgast:
„Süßwasser?"

Utz:
„Direkt aus dem Bodden."

Pensionsgast:
„Wo ist denn das?"

Utz:
„Vor der offenen See, aber nicht überall. Gibt es nur hier. Sie müssen mal Ewald fragen. Der kennt sich aus."

Manni
ist nicht zu sehen. Von oben im Kommandoton:

„Pies-Wurst is fertig."

„Prof."
ruft in den Raum, nach oben:

„Ich komme."

Zu Utz gewandt, informativ:

„Ich gehe mal eben."

Mustert Utz:

„Das Hemd hat 'nen Fleck. Zieh Dich um, bevor Du servierst."

„Prof." verschwindet.

Utz
leicht ärgerlich:

„Immer dasselbe. Hat vor Jahren alles abgegeben. Seitdem ist er mehr Chef als vorher."

Macht Anstalten, links zu verschwinden. Ist schon halb verdeckt. Kommt noch einmal vor. Beschwichtigend:

„Geht gleich los!"

Pensionsgast
neugierig:

„Also wirklich Pies-WURST?"

Utz
kommt wieder vor. Leichthin:

„Für Manni ist alles Pies. Hauptsache, er kriegt seine Glimmstengel. Wird wohl ein guter Abend für ihn. Ich schätze, da gibt es manchen Spender unter den Gästen."

Trällert eine bekannte Melodie nach eigenem Rhythmus, lacht, verschwindet, guckt mit dem Kopf noch einmal um die Ecke. Ermunternd:

„Gleich geht's los!"

Pensionsgast
laut:

„Wann kommen die anderen?"

Utz
routiniert:

„Ab 17.00h ist Einlauf. Geht gleich los! Für Sie heute also unsere Fischkarte?"

Pensionsgast
gekünstelt:

„Ich folge Ihrer Empfehlung."

Utz
lachend:

„Wenn's nichts anderes mehr gibt, kommt Knochenfisch auf den Tisch. Der macht nicht dick, ist aber unterhaltsam."

Pensionsgast
verstört:

„Wie soll ich das verstehen?"

Utz:
„Das werden Sie gleich sehen. Wir machen immer das Licht aus, wenn er aufgetragen wird."

Pensionsgast:
„Mir wäre es lieber, es ginge ohne. Ich möchte mich schließlich auf meinem Teller zurechtfinden können und nicht zurechttasten müssen! Hinterher liegt da irgend so ein falscher Hase im Salatbett!"

Utz:
„Sie trauen uns ja viel zu!"

„Prof." steht plötzlich wie aus dem Boden gewachsen hinter dem Tresen, der Kaffeemaschine zugewandt. Er ist umgezogen, trägt blütenweißes Hemd mit offenem Hemdkragen, die Ärmel militärisch korrekt hochgekrempelt.

Er dreht sich um, hat eine große Tasse in der Hand, stellt sie vorsichtig neben die Apfelschorle. Herrisch:

„Utz! Du musst Dich mal um die Maschine kümmern! Sie heizt zu langsam auf. Wahrscheinlich muss nur der Filter ausgewechselt werden."

Pensionsgast
leicht indigniert:

„Danke! Ich brauche den Kaffee erst nach dem Essen."

„Prof."
dreht sich um und hantiert mit verschiedenen Barutensilien.

Utz
unverdrossen fröhlich:

„Gleich geht es los."

„Prof."
leicht gereizt:

„Wo ist Ewald? Wir brauchen die Diskokugel!"

Utz
ernst:

„Ewald macht den Bock."

Pensionsgast
trinkt von der Apfelschorle, verschluckt sich beinahe.

„Prof."
zu Utz:

„Der Bock kann warten."

„Prof."
blickt bedeutungsvoll auf die Uhr. Zu Pensionsgast:

„Gleich geht es los."

Verschwindet.

Küchenchef
erscheint in weißer Kochjacke.

Pensionsgast
entschuldigend:

„Ich will mich eben noch umziehen. Sonst sitze ich hier noch in Räuberzivil rum, wenn die Gesellschaft kommt."

Küchenchef
abwehrend:

„Alles gut! Was essen Sie heute?"

Pensionsgast
pointiert sachlich:

„Utz hat gesagt, Ewald hat Knochenfisch mitgebracht."

Küchenchef
ruft Richtung Küche:

„Hat Ewald Knochenfisch mitgebracht?"

Zu Pensionsgast freundlich:

„Mit Gemüse?"

Pensionsgast
dankbar wegen der Nachfrage:

„Wenn es geht, bitte mit Salat ohne Vinaigrette oder Dressing."

Küchenchef
einladend:

„Also, Gemischter mit Sauerampfer und Klee. Soll ich auch ein paar Kartöffelchen dazu legen?"

„Prof."
kommt herbei. Zwingend eindringlich:

„Oder vielleicht einfach ein Stück Brot? Das geht schneller. Sie haben bestimmt großen Hunger. Wir haben hier Seeklima."

Pensionsgast
etwas verunsichert, undeutlich:

„Machen Sie nur. Sie werden das schon hinkriegen."

Küchenchef
voller Tatendrang:

„Na denn – gleich geht's los."

„Prof."
schaut auf die Uhr. Ungehalten:

„Die Diskokugel!"

Auf der linken Bühnenseite, die in etwa das Spiegelbild von der rechten ist, erscheint Ewald.

Ewald
lässt den Bock stehen und geht in die Bar. Drinnen bringt er die Diskokugel an. Sie fängt an, sich erst langsam, dann immer schneller und schneller zu drehen.

Utz
deckt für Pensionsgast auf dem Tresen ein, bringt einen Teller mit Salat, Fisch und ein paar Kartoffeln herein. Getrennt davon etwas Brot.
Professionell:

„Dann lassen Sie es sich man schmecken!"

Leise, als ob er ein Geheimnis preisgibt:

„Man kann den Fisch so öffnen, dass alle Gräten auf einmal erwischt werden."

Pensionsgast
ungläubig:

„Gräten? Ich dachte…"

Widmet sich dem Fisch.

„Oh – Klee! Hat das seine Richtigkeit, dass der Fisch leuchtet?"

Utz:
„Der Fisch ist durchsichtig. Die Gräten leuchten. Man muss sich ja da unten im Meer bemerkbar machen."

Pensionsgast:
„Bei mir auf dem Teller auch? Ich erkenne mehr Gräten als Durchsicht."

Schiebt den Teller unter eine Hängelampe über dem Bartresen.

Utz
guckt weg, geht „Prof." zur Hand.

Manni
hat sich auf Lauerstellung in sein Fenster über der Eingangstür gelegt. Der Gesang „Im Frühtau zu Berge" kommt näher.

Kinderchor
deutlich hörbar:

„Wir sind hinausgegangen, den Sonnenschein zu fangen."

Bei „Sonnenschein" leuchtet die Diskokugel gleißend auf. In der Tür erscheint ein großer, vierschrötiger Mann, der den Raum verdunkelt. Er schleppt mit einer Hand die Hälfte eines großen Hirschgeweihs hinter sich her.

„Prof."
eilt herbei. Freudig wie ein Showmaster:

„Glückwunsch zum Runden!"

Geburtstagskind
röhrt:

„Hier!"

Er schwenkt das halbe Geweih. Ironisch:

„Ich habe noch 'nen bisschen Deko mitgebracht. Die andere Hälfte bringt die Frau mit."

„Prof.", das Geburtstagskind und Utz versuchen, das Geweih vorsichtig auf der festlich gedeckten Tafel niederzulegen.

Kinderchor
singt in der Lautstärke variierend:

„Ihr alten und hochweisen Leut' falldera, ihr denkt wohl, wir wären nicht gescheit, falldera."

Manni
lehnt sich weit heraus.

Den Kinderchor übertönend:

„Ihr jongen und nassweisen Leut foldera, ihr denkt wohl, wir wären nicht gescheit foldera."

Kinderchor, als auch Manni, wiederholt die jeweils seinige Version lauter und lauter, fallen einander ins Wort. Draußen sind Böller zu hören.

Geburtstagskind
lacht:

Meine Gäste kommen.

Schreitet mit „Prof." vor die Tür, bleibt direkt unter Manni stehen, der noch immer gegen die Kinder ansingt, als die Diskokugel plötzlich splittert.

Manni
lehnt sich ganz weit aus dem Fenster:

„Ihr Pies-Würstchen, ihr! Wartet nur, ich komme runter!"

2. Szene

Rechts, weit vorne am Bühnenrand, "Prof." auf einem Stuhl mit einer Espressotasse in der Hand. Auf dem Boden hinter ihm glitzern Scherben von der Diskokugel. Die Hirschgeweihhälfte von der Tischdeko liegt neben ihm. Links auf der Bühne Ewald, der versucht, den Bock zu reparieren. Manni steht schräg hinter ihm und schaut ihm zu. Das Geburtstagskind kommt schweren Schrittes von rechts auf "Prof." zu.

Geburtstagskind
gekünstelt munter:

„Tach schön. Na?"

"Prof."
tippt mit dem Fuß an das halbe Geweih. Übellaunig:

„Na? Haste was vergessen?"

Manni
stellt sich direkt hinter Ewald. Triumphierend:

„Früher galt ein Bock noch was."

Böse:

„Du und Deine Füsche."

Ewald
unbeeindruckt:

„Nö."

Manni
herausfordernd:

„Haste 'ne Zigarette?"

Ewald
unbeeindruckt:

„Nö. Bin Nichtraucher, seit Du angefangen hast, Kette zu rauchen."

Manni
grantig:

„Dann steck Dir..."

Er nuschelt böse und vollendet eine längere Litanei mit:

„...selber hinter's Ohr."

Ewald
stur:

„Und Du kriegst nur die Zähne auseinander, um Du Dir eine dazwischen zu stecken."

Manni
trollt sich brabbelnd, guckt wenig später aus seinem Fenster.

Geburtstagskind
als ob er gerade zu sich kommt:

„Was hast Du eben gefragt − klar, meinen Schirm habe ich vergessen!"

„Prof."
sachlich, kann eine gewisse Häme kaum verbergen:

„Wie hast Du es denn gemerkt?"

Geburtstagskind
komisch ernst:

„Gar nicht! Die Frau hat gefragt. Einfach so. Dann hat es Streit gegeben."

Er schnauft:

„Richtig ungerecht ist sie geworden!"

„Prof."
nippt an seinem Espresso. Ruft:

„Ewald, guck' mal hinter den Tresen."

Zum Geburtstagskind kumpelhaft:

„Hol Dir einen Stuhl."

Geburtstagskind nimmt sich von den Lehnstühlen rund um die lange Geburtstagstafel des Vorabends den Ehrensessel und trägt ihn mit einer Hand herbei, als sei es ein Alu Campingstuhl.

Ewald tut wie ihm befohlen.

Ewald
desinteressiert:

„Ich sehe nichts."

„Prof."
ungehalten:

„Muss ich erst selber aufstehen?"

Ewald
wach:

„Der alte Knochen?"

Geburtstagskind
unfreundlich:

„Der Marschallstab!"

Ewald
macht auf zerknirscht:

„'Schuldigung. Das habe ich ihm nicht angesehen."

„Prof."
im Befehlston:

„Nun bring schon den Taschenknirps!"

Ewald trägt den Knirps wie ein Zepter herbei.

„Prof."
zum Geburtstagskind:

„Setzt Dich und trink was. Du hast ja jetzt Zeit."

„Prof."
ironisch an Ewald gerichtet:

„Du kannst Dich jetzt um den Hof kümmern."

Ewald:
eifrig:

„Dann höre ich aber nicht, wenn gerufen wird."

Ewald beschäftigt sich ungerührt in der Nähe von „Prof.".

Geburtstagskind
abwehrend:

Das glaubst Du. Hirsche wachsen immer wieder nach.

Legt den Schirm an, als ob er ein Gewehr wäre. Zufrieden:

„Passt."

Hebt das Geweih kurz an, lässt es mit spitzen Fingern wieder fallen, macht sich gerade, bläst sich förmlich auf und kollert:

„D e r Bock ist tot."

Manni
giftig:

„Sach ich doch!"

Geburtstagskind
leichthin:

„Na denn, bis zum nächsten..."

„Prof."
nachdenklich langsam:

„Na denn – ich will auch schon lange kürzer treten."

Grübelnd:

„Irgendwas läuft falsch. Ich arbeite mehr als früher."

Ewald
dreht den Kopf wie zufällig in Richtung „Prof.", räuspert sich.

„Prof."
wie aus weiter Ferne:

„Manchmal ist es ja gut, wenn man überrumpelt wird."

Plötzlich scharf:

„Was ist mit der Tür?"

Ewald
laut:

„Klemmt."

Geburtstagskind
leichthin:

„Nimm es nicht tragisch. Fehler verjähren nicht."

„Prof."
bestimmt:

„Ich habe das hier nicht aufgebaut, damit schon morgens kalter Braten und Melonenstücke auf dem Frühstücksbuffet stehen."

Empört:

„M e l o n e n ! G e k a u f t e !"

Stöhnt:

„Als Dekoration!"

Geburtstagskind
obenhin besänftigend:

„Lass man, ich schieß Dir welche."

„Prof."
bitter:

„Das kommt davon – ich habe keine Leute für den Garten."

Ewald
wichtig:

„Genau wie beim Füschen."

„Prof."
unwirsch:

„Unsinn! Das ist was ganz anderes!"

Ewald
orakelt:

„Kann sein, dass es nächste Woche keine Füsche mehr gibt. Alleine geht nich'. Das Boot ist zu schwer.

Geburtstagskind
indifferent:

„Na denn. Die Rechnung kannst Du schicken."

Macht sich schnell davon.

„Prof."
schubst das Geweih noch etwas weiter weg. Streng zu Ewald:

„Lass den Bock."

Manni
triumphierend :

„Sach' ich doch! Pies-Würste braucht das Land."

Ewald
geistesabwesend:

„Schon möglich."

Manni
krächzt aus dem Fenster heraus nach der Melodie von „Der Mai, der Mai der grüne Mai":

„Der Pies, der Pies, der grüne Pies, der kommt heran gerauschet"

Pensionsgast
kommt dazu.

Das Lied wird abgebrochen.

Pensionsgast
forsch:

„Alles Pies-Wurst. Oder was?"

Schweigen.

Pensionsgast
verunsichert sich räuspernd:

„Ich meine... Manni – spricht er Englisch?"

Ewald
nachdenklich:

„Schon möglich. War wohl mal über'n Teich."

Pensionsgast
aufgeregt:

„Wo?"

Ewald:
zeigt vage im Kreis.

Pensionsgast
ungläubig:

„Da vorne?"

Ewald
monoton:

„Da hinten."

Pensionsgast
etwas genervt:

„Ach ja!? Ist Manni etwa Entenfreund?"

Ewald
abwehrend:

„Das kann man haben."

Pensionsgast
ironisch:

„Auf Englisch?"

Ewald
stützt sich auf den Bock.

„Schon möglich."

Pensionsgast
ist im Gehen begriffen, stolpert über das halbe Geweih, geht noch mal zurück:

„Darf ich etwas fragen?"

Ewald
werkelt weiter:

„Wenn es sein muss."

Pensionsgast:
„Störe ich?"

Ewald
unwillig:

„Nicht direkt."

Pensionsgast
kühl:

„Und was kann man da machen?"

Der Dialog versiegt. „Prof." kommt mit einer Tasse Espresso zurück und setzt sich auf den Stuhl von vorher. Ewald trollt sich, holt einen Besen.

"Prof." steht auf, geht an die Bar hinter den Tresen, flucht leise und stellt den Espresso weg, nimmt sich der Rosen an, die das ganze Waschbecken füllen, schneidet sie kürzer, stellt sie in geschmackvollen Arrangements in Vasen zusammen, trocknet sich die Hände ab und kommt wieder vor. Dann nimmt er Ewald wortlos den Besen aus der Hand, um die Spiegelsplitter von der Diskokugel zusammenzukehren.

Er betrachtet sein Machwerk:

„Wir brauchen unbedingt eine neue Diskokugel. Am besten mit blauem Licht."

Ewald:
„Die gibt es nicht mehr."

„Prof.":
„Dann musst Du sie beschaffen."

Ewald:
„Im Handel sind sie aus. Vielleicht finden Sie ja jemanden, der noch eine im Schuppen hat."

„Prof.":
„Dann werde ich mich wohl alleine darum kümmern müssen."

Geht rechts von der Bühne. Ewald guckt ihm kurz nach und geht links von der Bühne.
Utz bringt eine Platte mit Leuchtfischen und stellt sie auf den Tresen. Er setzt sich auf einen Barhocker und fängt an, einen Fisch nach dem anderen zu entgräten. Dazu brodelt und dampft die Kaffeemaschine.

Bitte umblättern®

Ordinarius Voccius

Illustration zu „Der Kleine Mecklenburger"©

Bild   Seite

Der Kleine Mecklenburger lukullisch-gesund	11
American Coffee	15
Sofakauf	17
Parlamentarische Flussfahrt	21
Hütehund	26
Umleitung	29
Studium generale	36
Oh no – oh yes	39
Aquamarina hat Regen getanzt	49
Die Königin der Kratzerle	52
Weises Huhn	56
Schneckenklaufabel	59
Warmes Willkommen	67
Ferien in Mecklenburg	71
Vogelmesse	78
Kunsthalle	90
Der Kleine Mecklenburger musikalisch-bukolisch	93
Der höhere Chor	96
Assai zu Fernrohr	113
Triple	135
Der kleine Mecklenburger im Winter	140
Theaterbegeisterung	156
Mecklenburger Nussschale	161
Der neueste Stand	166
Architekt	215

Weitere Bücher von Irene Pietsch im
Mandamos Verlag UG (haftungsbeschränkt)

DoKa

Landarzt mit Zukunft, Russlands Beitrag zur Kultur Europas in Modest P. Mussorgskys „Bilder einer Ausstellung", ist außerdem Dramaturg des großen Rätselratens um Nachspielzeiten in seiner bewegten Familiengeschichte, die er versucht, mit Mussorgskys Hilfe aufzudecken.

Paperback ISBN 978-3-946267-03-4
Hardcover ISBN 978-3-946267-04-1
e-Book ISBN 978-3-946267-05-8

ggg.plattform.ka

ist eine gewollte Satire.

Götter in Eile. Götter unter Erfolgsdruck. Engelsgleiche Geduld liegt ihnen nicht besonders, weswegen sie selber außerirdischer Hilfe bedürfen, um sich auf Erden beweisen zu können.

Paperback ISBN 978-3-946267-06-5
Hardcover ISBN 978-3-946267-07-2
e-Book ISBN 978-3-946267-08-9

Gestatten, mein Name ist Urbs

Urbs ist Gesandter in geheimem Auftrag einflussreicher Persönlichkeiten, um Lebensgewohnheiten vor Ort zu untersuchen. Dabei stößt er auf einen verdächtigen Handel mit Innovationen.

Paperback ISBN 978-3-946267-09-6
Hardcover ISBN 978-3-946267-10-2
e-Book ISBN 978-3-946267-11-9